Strandkorb 233

Die abenteuerliche Auflösung des Rätsels um einen einsamen Strandkorb

Kinderkrimi von

Hans-Rainer Riekers

Herausgeber Oliver Fischer

Erstausgabe 2014

ISBN-13: 978-1499507928

ISBN-10: 1499507925

"Für Lena, Bjarne & Niels"

Inhalt

Ferien in Sicht

Die letzte Schulstunde vor den Sommerferien wollte einfach kein Ende nehmen. Die Zeit verging so zäh, als wäre sie aus Kaugummi. Lena saß mit nach vorne gebeugtem Körper an ihrer Schulbank, den Kopf auf die Arme gestützt. Nicht einmal mit Anna, ihrer besten Freundin, mochte sie noch plappern. Es war einfach viel zu heiß.

Frau Drechsler, die Klassenlehrerin, hatte bisher standhaft versucht, den Unterricht so zu Ende zu bringen, wie es sich gehört. Eigentlich stand Deutsch auf dem Stundenplan - aber bei der Hitze.....?

Das Thermometer stand mittlerweile bei 28 Grad im Schatten, dabei war es doch gerade mal 11 Uhr. Immer wieder versuchte Frau Drechsler, die Schüler aufzumuntern, aber es hatte wirklich keinen Zweck mehr.

Die Kinder waren in Gedanken schon auf dem Weg in die Ferien und eigentlich hörte niemand mehr richtig zu.

Endlich hatte die Lehrerin Erbarmen. Sie atmete einmal tief durch, klatschte unvermittelt in die Hände und sagte dann:
„ Kinder, jetzt ist Schluss. Bevor ihr mir noch alle einschlaft, schicke ich euch lieber etwas früher in die Ferien. Also: Ab nach Hause. In sechs Wochen sehen wir uns gesund und erholt wieder!“
Schlagartig waren die Kinder wieder munter. Lena sprang auf, umarmte Anna und wünschte ihr einen schönen Urlaub. Auch von den anderen Kindern verabschiedete sie sich kurz und schon sprang sie die Treppen hinunter und flitzte über den Schulhof zum Fahrradstand. Mit einem großen Schwung warf sie ihre Schultasche in den Gepäckkorb, ärgerte sich wie jeden Tag über ihr fummeliges Fahrradschloss, schwang sich auf den Sattel und radelte los.

Bis nach Hause musste sie nur wenige Minuten fahren. Erst die lange Steigung hinauf zur Autobahnbrücke, danach konnte sie das Fahrrad ein gutes Stück rollen lassen und den frischen Fahrtwind genießen. Dann noch schnell

über die große Kreuzung, die Abkürzung über das Wiesengelände und sie hatte es geschafft. Lena stellte das Fahrrad in den Vorgarten und drückte übermütig auf die Klingel.
Dreimal musste sie klingeln, bis endlich ihr Bruder Bjarne angeschlurft kam. Er machte die Tür schweigend auf, guckte sie gleichgültig an und drehte sich wieder um. Bjarne war ganz und gar nicht so guter Laune wie seine große Schwester.
Er hatte schon etwas früher Schulschluss gehabt und war ein wenig traurig, darüber, dass er einige seiner besten Freunde nun für mehrere Wochen nicht sehen würde. Das fand er ziemlich schade.

Lena war nicht bereit, sich von Bjarnes schlechter Laune anstecken zu lassen. Sie ließ die Schultasche fallen, schnappte sich ihren Bruder, drehte ihn zu sich hin, schob seinen Kopf so dicht an ihren heran, dass sie Nase an Nase standen und sagte:

„Hallo, guck nicht so bedrappelt! Wir haben Ferien! Morgen geht es an die Nordsee nach Wangerooge! Freu dich!“

Dann kitzelte sie Bjarne so lange durch, bis dieser seine schlechte Laune aufgab und lachen musste. Eigentlich wollten die beiden nun schnell nach draußen, um in der Sonne zu spielen. Aber daraus wurde nichts, denn in diesem Moment kam Mama mit dem kleinen Niels auf dem Arm die Treppe herunter.

„So ihr beiden. Jetzt wird es langsam Zeit, dass ihr eure Sachen packt. Ich habe jedem einen Koffer in das Zimmer gestellt. Überlegt euch genau, was ihr mitnehmen wollt, denn wir haben nicht so viel Platz im Auto.“

Bjarne schlich widerspruchslos nach oben in sein Zimmer, um die ganze Sache so schnell wie möglich hinter sich zu bringen. Lena allerdings versuchte noch, mit Mama zu verhandeln. Ihrer Meinung nach konnte man den Koffer ja noch am Abend packen, oder gar morgen früh. Aber die Mama ließ sich auf nichts ein und sagte eindringlich: „Lena: Jetzt ist jetzt und nicht heute Abend.“

Als Lena spürte, dass sie *so* keinen Erfolg haben würde, versuchte sie, der Mama Niels vom Arm zu nehmen und mit ihm zu spielen. Damit konnte man ja schließlich auch Zeit gewinnen. Aber Mama hielt den Kleinen fest, obwohl er Lena anstrahlte und vor Freude quiekte. Zu gerne hätte er das Angebot seiner großen Schwester angenommen, aber Mama blieb dabei.
„Zum letzten Mal: Jetzt ist jetzt!"
Also trottete Lena lustlos nach oben, kam an Bjarnes Zimmer vorbei und schaute mal nach, was ihr Bruder denn so eingepackt hatte. Sie stellte verwundert fest, dass der Koffer schon fast fertig gepackt war. Allerdings befanden sich nur wenige Bekleidungsstücke, aber eine Menge Spielsachen darin. Bjarne hatte offensichtlich seine ganz eigene Vorstellung von einem Urlaub. Als Lena schnippisch fragte, ob das denn alles sei, was er mitzunehmen gedenke, meinte der nur:
„Wozu Klamotten mitnehmen? Badehose, Handtuch, Spiel-sachen, das muss reichen."
Lena dachte sich ihr Teil und ging kopfschüttelnd weiter. Sie wusste ja, dass Mama

noch einmal einen Blick in Bjarnes Koffer werfen würde.

In ihrem Zimmer angekommen, packte sie ihren Trolley in Rekordzeit. Einige Bücher für Regentage legte sie auch dazu, obwohl sie nicht wirklich mit schlechtem Wetter rechnete. Dann nahm sie noch das Fernglas aus dem Regal und ihre kleine Digitalkamera. Ganz zuletzt steckte sie, ohne darüber nachzudenken, einen Detektivkasten ein, den sie und Bjarne gemeinsam von Oma und Opa zu Weihnachten bekommen hatten. Als hätte sie, geahnt dass sie ihn schon bald brauchen würden.....!

Am nächsten Morgen wurden die Kinder von Papa schwungvoll geweckt. Sie hatten ihn am Abend vorher gar nicht zu sehen bekommen, da er an seinem letzten Arbeitstag noch viel zu regeln hatte. Er war erst nach Hause gekommen, als sie schon lange schliefen.

Papa riss Lena und Bjarne die Bettdecke weg und rief:

„Aufstehen, Matrosen! Die Fähre um 12 Uhr müssen wir erreichen, sonst kommen wir nicht mehr auf die Insel. Der Wagen muss auch noch gepackt werden. Viel Zeit zum Frühstück bleibt nicht mehr. Also hopp, hopp!"

Papa war wie immer aufgedreht und Mama ließ sich wie immer davon nicht aus der Ruhe bringen.

„Passt schon, wir haben noch Zeit genug", rief sie aus dem Hintergrund. Dabei schaukelte sie Niels auf den Armen hin und her und gab ihm eine Flasche mit warmer Milch.

Lena und Bjarne waren eigentlich richtige Morgenmuffel. Sie brauchten meist ewig lange, bevor sie sich entschlossen, aus dem warmen Bett zu kriechen. An diesem Morgen aber war das anders. Ruckzuck waren sie in ihren Klamotten und erschienen kurz darauf frisch gewaschen in der Küche. Nicht mal beim Frühstück trödelten sie herum.

Zwei Stunden später saß Familie Richter im bis an die Decke vollgestapelten Auto und Papa bog auf die Autobahn ein.

Die Fahrt verging wie im Fluge. Nach einer guten Stunde erblickten sie an einer Autobahnabfahrt das Hinweisschild „Zu den Nordseeinseln". Papa verließ die Autobahn und kurz hinter Jever bogen sie auf die Landstraße in Richtung Küste ab. Hier wurden die Straßen immer schmaler. Windschiefe Bäume standen am Rand und durch die grünen Wiesen wanden sich tiefe Gräben, in denen sich der blaue Himmel und die weißen Wolken spiegelten. Überall standen schwarzweiße Kühe herum, die gelangweilt vor sich hin kauten und die nicht enden wollende Kolonne der Urlauberautos anstarrten, die an ihnen vorbeirauschte.
Endlich sah man in der Ferne die ersten Deiche. Mit ihnen tauchten auch die Schafe auf, die ihre dicken Köpfe stur in den Sommerwind hielten und in aller Ruhe die Wiesen abgrasten. Dicht hinter dem Ortsschild „Carolinensiel" bog Papa ab, folgte der Straße bis Harlesiel zum Fährhafen und fuhr durch ein schmales Deichtor, hinter dem sich ein großer Parkplatz auftat. An seinem Ende gab der Parkplatz den Blick auf das weiße Fährschiff und die Nordsee

frei. Sogar den Westturm von Wangerooge konnte man im Dunst erkennen.

Nachdem der Wagen beim Parkplatzwächter abgegeben war und die Koffer im Gepäckcontainer standen, ging es an Bord. Der Wind wehte frisch von See und die Sonne stach heiß vom Himmel. Viele Menschen drängten gleichzeitig auf das Schiff, denn jeder wollte einen der Plätze am Oberdeck haben. Von dort hatte man nämlich die beste Aussicht und konnte mit etwas Glück die Seehundsbänke sehen.

Bjarne war beim Vordrängeln wie immer der Geschickteste. Ehe die anderen sich versahen, hatte er sich durch die dichten Menschenreihen an der Fahrkartenkontrolle gequetscht, kletterte über abgestellte Reisetaschen und Koffer, lief die Gangway hinauf und setzte sich auf eine der besten Sitzbänke direkt an der Reling.

Immer wenn sich Leute dort hinsetzen wollten sagte er mit wichtigem Gesicht: „Hier ist leider schon besetzt! Hier sitzt die Familie Richter.“

Das wirkte tatsächlich. Als sich der Rest der Familie endlich nach oben durchgekämpft hatte, winkte Bjarne ihnen freudig zu. Sie hatten es geschafft: Es waren die perfekten Sitzplätze. Papa lehnte sich sofort zurück und blinzelte schon ein bisschen schläfrig in die Sonne. Sobald er auf Schiffen das beruhigende Grummeln der Maschine hörte, schlief er ein.

„Weckt mich, wenn wir kurz vor dem Wangerooger Hafen sind", waren seine letzten Worte. Er gähnte tief, zog sich seine Schirm-mütze weit in das Gesicht und streckte die Beine von sich. Mama kramte besorgt im Rucksack und suchte Sonnenmilch für die Kinder, denn die Sonne brannte am Meer viel stärker als zu Hause.

Die Fähre hatte mittlerweile Fahrt aufgenommen und schob sich langsam an einem seitlichen Steindamm entlang durch das dunkelbraune Wattwasser, ehe sie das freie Meer erreichte. Hier war das Wasser viel sauberer. Das Schiff

wurde schneller und begann in den Wellen zu schaukeln. Ab und an wurde das Schiff von einer größeren Welle getroffen. Am Bug spritzte es dann weiß auf und die weit vorne sitzenden Urlauber wurden von einem salzigen Sprühnebel erfrischt.
Lena nahm ihren Fotoapparat aus der Tasche und begann munter zu fotografieren. Um sie herum saßen und standen viele gutgelaunte Menschen und die Kinder tobten umher.

Über dem Schiff kreisten die Möwen. Sie waren riesengroß und viel frecher als zu Hause. Immer wieder stießen sie auf das Schiff nieder um zu gucken, ob es nicht etwas zu fressen gäbe. Lena visierte eine der Möwen an, um ein Foto zu machen. Just in diesem Moment ging die Möwe in einen Sturzflug über, raste auf das Schiff zu und riss einem dicken Mann, der sich mit seinem Begleiter einen Platz ganz hinten in der Ecke gesucht hatte, die gerade gekaufte Bockwurst aus der Hand.
Genau in dem Augenblick, in dem die beiden Männer verdutzt der Möwe nachblickten,

machte Lena ihr Foto. Es war ein besonders gelungener Schnappschuss, denn neben den ziemlich bedrappelt dreinblickenden Männern war noch die Möwe mit der Bockwurst im Schnabel zu sehen.

Die in der Nähe stehenden Menschen lachten laut auf, einige kicherten schadenfroh. Nur die beiden Männer fanden das gar nicht lustig. Sie schimpften laut vor sich hin und guckten auch sonst ziemlich böse drein.

Lena betrachtete die Männer interessiert.
Sie unterschieden sich von den anderen Passagieren, denn sie interessierten sich überhaupt nicht für das, was um sie herum geschah. Selbst als die Seehundsbänke in Sicht kamen, war ihnen das völlig egal.

Zwischen ihnen stand auf dem Boden eine schwarze Reisetasche, die sie nicht aus den Augen ließen. Sie schien schwer zu sein, denn

als eine junge Frau ihren Sitzplatz verlassen wollte und die Männer bat, die Tasche etwas zur Seite zu nehmen, hatte der Dicke große Mühe, sie zu verschieben. Sein Begleiter, ein langer, dürrer Mann mit fettigem Haar, war auch noch unhöflich und knurrte die Frau an: „Können Sie nicht drüber wegsteigen?“
Lena schüttelte den Kopf und wunderte sich, wie man auf der Fahrt in den Urlaub so mies gelaunt sein konnte.

Als die Fähre die Seehundsbänke erreichte, war auch Niels wieder aufgewacht. Er hatte schon einen großen Teil der Anreise verschlafen und lag nun quer bei Mama auf dem Schoß. Die entzückten Rufe der Kinder hatten ihn geweckt und er ließ sich von Lena und Bjarne an die Reling führen. Von dort hatte er eine gute Sicht auf die Seehunde, die träge am Rand einer Sandbank in der Sonne dösten. Gelegentlich wälzten sich einige von ihnen behäbig in das Wasser. Dort verschwanden sie dann, um einige Augenblicke später dicht am Schiff wieder aufzutauchen. Mit ihren großen Knopfaugen blickten sie neugierig herüber. Die Kinder konnten sich vor Freude kaum einkriegen und viele Erwachsene drängten mit ihren Kameras an die Reling.

„Guck mal, wie süß! Und diese großen Augen!!"

Ein jeder wollte von diesen eleganten Schwimmern ein Foto machen - nur die beiden Männer ganz hinten in der Ecke interessierte das alles nicht.

Auf der Insel

Nachdem die Fähre festgemacht hatte, begann erneut eine hektische Drängelei. Die Menschen hasteten von Bord und stürmten die Inselbahn, als käme es auf jede Sekunde an. Das nützte ihnen allerdings nichts, denn sie mussten noch so lange warten, bis der Bordkran die vielen Gepäckcontainer auf den Zug gesetzt hatte. Erst dann ging die Fahrt los.

Ruckelnd und pfeifend setzte sich der Zug in Bewegung. Er fuhr am Yachthafen vorbei, dann in einem großen Bogen direkt am Watt entlang. An einigen Stellen musste er besonders langsam fahren, denn die Flut umspülte schon die Schienen.

Für die Kinder war das ein ganz großes Erlebnis und bei den Er-wachsenen klickten ununterbrochen die Fotokameras. Lena und Bjarne hatten sich gar nicht erst in das Abteil gesetzt, sondern blieben draußen auf dem Übergang zwischen den Anhängern stehen. Sie ließen ihre blonden Haare im Wind flattern, rochen die würzige Seeluft und beobachteten die Vögel, die mit ihren langen Schnäbeln das Wasser durchfurchten, um nach Fischen und Krebsen zu suchen.

Die Fahrt bis zum Inselbahnhof dauerte gerade mal eine Viertel-stunde. Mit einem lauten Pfiff kündigte der Zug seine Ankunft an, wurde langsamer und jemand rief draußen:
„Wangerooge Hauptbahnhof!“
Lena und Bjarne sprangen erwartungsvoll auf den Bahnsteig und schauten sich um. Na ja, ein Hauptbahnhof war das eigentlich nicht. Eher ein kleiner Bahnhof. Aber trotzdem war alles voller Menschen. Schnell konnte man sehen, wer schon länger auf der Insel war und wer zu den Neuankömmlingen zählte. Die einen waren käseweiß, die anderen tiefbraun. Das Wetter auf der Insel war in den letzten Wochen immer sehr schön gewesen, während es zu Hause erst vor wenigen Tagen sommerlich geworden war.

Mama und Papa reihten sich in den Kreis der ungeduldig auf ihr Gepäck wartenden Bleichgesichter ein. Als die Gepäckcontainer endlich abgeladen und der Zugang freigegeben wurde, setzte wieder das übliche Geschubse und Gedränge ein.
Mama hatte sich die Nummer des Gepäckcontainers gemerkt und Papa holte schnell die beiden großen Koffer heraus. Dazu kamen noch ein Rucksack, zwei Kindertrolleys und eine Reisetasche mit Sandspielzeug. Alle mussten tragen helfen, nur Niels durfte es sich in seiner Sportkarre gemütlich machen. So trotteten sie schwer beladen durch den Ort in Richtung Hotel.

Das Hotel „Seebrise" befand sich dicht an der Strandpromenade, oben auf dem Dünengürtel, direkt am Minigolfplatz. Papa hatte dieses Hotel ausgesucht, um vom Zimmer aus mit dem Fernglas die Schiffe auf dem Meer sehen zu können, die Tag und Nacht am Horizont entlangzogen.

Der Weg zum Hotel war zwar nicht besonders weit, stieg aber stetig an und wurde in der nachmittäglichen Hitze von allen als ziemlich anstrengend empfunden.
Sie passierten den alten, knallroten Leuchtturm, legten kurz danach beim Italiener eine kleine Eispause ein und marschierten im Gänsemarsch weiter. Endlich hatten sie es geschafft.
An der Rezeption wurden sie schon von Herrn Gerdjes erwartet. Er begrüßte seine neuen Gäste und zeigte ihnen ihre Zimmer. Das Appartement war modern eingerichtet. Während man vom großen Zimmer aus direkt auf das Meer blickte, war das Kinderzimmer in Richtung Westen gelegen. Über die Dünen hinweg konnte man in der Ferne den neuen Wangerooger Leuchtturm sehen.
Nun noch die Koffer und Rucksäcke ausgepackt, dann gab es kein Halten mehr. Alle wollten so schnell wie möglich an den Strand. Sie gingen die wenigen Schritte am Minigolfplatz vorbei, passierten einen schmalen Durchgang und standen auf der Promenade.

„Wow!“ entfuhr es den Kindern. Vor ihnen lag ein unendlich langer, weißer Strand, der kein Ende zu haben schien. Eine unübersehbar große Zahl von Strandkörben breitete sich vor ihnen aus. Sie waren weiß und innen mit kunterbunten Bezügen versehen. Überall wehten Fahnen im Wind und hoch am Himmel schwebten bunte Lenkdrachen, die von Kindern geschickt gesteuert wurden.

Es herrschte gerade Hochwasser. Mächtige Wellen liefen auf die Insel zu und brachen weiß schäumend zusammen, wenn sie den Strand erreichten. Viele Menschen badeten und stürzten sich kreischend in die hohe Brandung. Kinder versuchten eifrig, mit ihren Schaufeln die bei Ebbe gebauten Sandburgen gegen das Meer zu verteidigen und freuten sich dann doch, wenn die großen Wellen die Sanddeiche überspülten. Über dem ganzen Strand lag der Duft von Sonnenöl, Pizza und Kuchen, eingehüllt von Kinderlachen und dem Donnern der Brandung. Die obere Strandpromenade war in der Mitte durch ein rundes Gebäude unterbrochen.

„Café Pudding“ stand daran. Davor befand sich eine Aussichtsplattform, auf der sich die Menschen drängten und mit ihren Ferngläsern das Meer absuchten. Es gab hier so unglaublich viel zu sehen.

Obwohl ein frischer Wind von der See herüberwehte, war es glühend heiß. Die Sonne stand hoch am Himmel und es gab kaum Schatten. Schnell stand der Entschluss fest:

„Ein Strandkorb muss her, sonst verbrennen wir hier alle!“ sagte Mama und ging schnellen Schrittes zum Strandwärter.

Eigentlich waren alle Körbe schon lange ausgebucht, aber Mama hatte großes Glück: Gerade am Morgen war von der Fabrik ein niegelnagelneuer Strandkorb geliefert worden. Und der war noch nicht vermietet. Der Strandkorb stand ziemlich weit am Rand des Oststrandes, dort wo die Promenade endet und sich schon die ersten Dünen erheben.

Es dauerte nicht lange und die Familie hatte den Korb bezogen. Mama und Papa drehten ihn so, dass sie im Schatten sitzen konnten. Noch einmal wurden alle Kinder von Mama dick mit

Sonnenmilch eingerieben. Trotzdem mussten sie ein T-Shirt tragen und eine Mütze aufsetzen, was ihnen gar nicht gefiel. Aber Mama ließ sich auf keine Diskussionen ein.

Lena und Bjarne begannen sofort, eine mächtige Sandburg aufzutürmen. Wenn Niels nicht immer mit seiner kleinen Schaufel zwischen den beiden herumgewuselt wäre, hätten die Bauarbeiten schneller ein Ende gefunden. Aber weder Papa noch Mama waren bereit zu helfen. Die hatten es sich gemütlich gemacht und genossen den Ausblick. Als die Sandburg endlich die geplante Höhe erreicht hatte, waren sich alle einig: Nun konnte der Urlaub beginnen.

Irgendwas stimmt hier nicht

Die ersten Urlaubstage vergingen wie im Fluge. Sie verliefen fast immer nach dem gleichen Muster: Morgens fand sich die Familie im großen Frühstücksraum des Hotels ein und zwischen Brötchen, Rührei und Kakao wurde der Tagesablauf geplant.
Was gab es nicht alles auf einer Insel zu erleben! Sie fuhren mit einem Kutter auf das Meer und sahen den Fischern bei der Arbeit zu. An einem anderen Tag patschten sie stundenlang mit einem Wattführer durch das warme, sonnenglitzernde Watt.

Jeden Tag aber ging es für viele Stunden an den Strand. Zum Mittagessen reichte meistens ein Stück Pizza oder eine Tüte Pommes Frites. Am Abend ging die Familie entweder im Ort Essen oder es wurde im Hotel gemeinsam gekocht. Ein weiteres Abendprogramm gab es eigentlich nicht. Zum Sonnenuntergang fand man sich mit einem Eis in der Hand auf der Promenade ein und wenn die Sonne makellos unterging, ohne doch noch im letzten Moment von Wolken verdeckt zu werden, freuten sich besonders die Fotografen. Danach waren die Kinder meist todmüde und wenn sie dann im Bett lagen, konnte manchmal sogar die „Gute-Nacht-Geschichte“ ausfallen, weil ihnen die Augen zufielen.

Am Strand hatten Lena und Bjarne schnell Freunde gefunden. Sie tobten gemeinsam umher, buddelten im Sand, spielten Fußball oder Volleyball und badeten mindestens dreimal am Tag in der Nordsee.
Das Wetter war so gut, wie es besser nicht hätte sein können. Spätestens am Vormittag waren alle Strandkörbe belegt. Na ja, fast alle. Denn eines fiel Lena auf und sie wunderte sich darüber. Der Korb mit der Nummer 233 stand immer einsam und leer am Rand des Strandkorbfeldes, ca. 20 Meter von ihrem Korb entfernt, fast schon in den Dünen. Nie sah man jemanden, der sich in ihm sonnte und auch

niemand hatte sich die Mühe gemacht, eine Sandburg um den Korb zu bauen.
„Merkwürdig“, dachte sich Lena. „Papa hatte doch gesagt, dass die Miete für einen Strandkorb jetzt im Sommer sehr hoch ist. Wer bezahlt nur so viel Geld, um den Strandkorb dann gar nicht zu nutzen?“
Eine Antwort darauf fiel ihr nicht ein - und der Korb blieb weiterhin leer.

Nach einigen Tagen wurde es an einem heißen, dunstigen Sommertag nach dem Mittag von Minute zu Minute schwüler. Der Seewind schlief irgendwann völlig ein und die Temperatur war immer noch viel zu hoch. Selbst direkt am Wasser, wo es doch eigentlich immer etwas kühler war, konnte man es kaum aushalten. Die Luft war bleiern schwer und über Spiekeroog, weit im Westen, türmten sich hohe Wolken auf, die sich immer weiter ausbreiteten und allmählich eine finstere Farbe annahmen.
Papa blickte kritisch in den Himmel. „Lasst uns alle jetzt noch schnell baden gehen,“ sagte Papa,

„es wird nicht mehr lange dauern, dann zieht das Gewitter zu uns rüber!“

Bjarne zog sich ruckzuck seine Badehose an und wollte sich schon ins Wasser stürzen, als ein dunkles Grollen über den Strand zog. Das Unwetter war viel schneller als erwartet zu ihnen herüber gezogen.

„Schluss!“, rief Mama. „Baden fällt aus! Das ist viel zu gefährlich!“ Und als sollte es ihre Worte unterstreichen, flackerte in diesem Moment ein riesiger Blitz auf. Kaum war er verloschen, da gab es einen scharfen Peitschenknall. Alle Menschen am Strand waren aufgeschreckt und begannen hektisch, ihre Strandtaschen zu packen. Selbst Bjarne verstand, dass sie jetzt schnell zurück in das Hotel mussten. Während sie die Sachen zusammenrafften, platschten schon die ersten dicken warmen Regentropfen vom Himmel. Sie fielen in den heißen Sand, bildeten kleine Trichter und waren fast schon im selben Moment aufgesogen.

Den Rückweg in das Hotel schafften sie trotz aller Eile nicht mehr trockenen Fußes. Gerade als sie den Minigolfplatz erreicht hatten, öffnete

der Himmel seine Schleusen und es begann, wie aus Eimern zu schütten. Binnen weniger Sekunden wurden alle bis auf die Haut nass.
Nur einem machte das nichts aus. Bjarne hatte ja als erster seine Badehose angehabt und sie später nicht mehr ausgezogen. Er drehte sich im Regen, patschte in die Pfützen, die sich schnell bildeten und konnte sich vor Lachen nicht halten, als er Papa ansah. Dem hingen die Haare klatschnass in das Gesicht und seine Brille sah schon wie eine Taucherbrille aus.
Niels hatte er in ein Badehandtuch gewickelt und trug ihn auf dem Arm, während Mama aussah wie ein Afrikanerin. Sie hatte ein buntes Strandkleid an und trug die Badetasche zum Schutz vor dem Regen auf dem Kopf.
Lena sagte kein Wort. Sie fand das alles gar nicht lustig, ärgerte sich über ihre zerzausten nassen Haare und über Bjarne, weil der sie auslachte.

Kurz nachdem sie das Hotel betraten, hatte das Gewitter seinen Höhepunkt erreicht. Es goss und goss weiter, den ganzen Abend und die halbe Nacht hindurch. Der Wind heulte um die Hausecken und schwere Sturmböen schüttelten das Hotel durch.

Diebe auf der Insel

Am nächsten Morgen war es so, als hätte es nie ein Unwetter gegeben. Die Sonne stand wieder an einem wolkenlosen Himmel und nur das laute Rauschen der Brandung erinnerte an den Sturm der vergangenen Nacht. Die ganze Familie hatte gut geschlafen und freute sich auf das Baden in den hohen Wellen, die man schon vom Hotelfenster aus sehen konnte. So entschloss man sich, sehr zeitig zum Frühstück nach unten zu gehen, um möglichst früh am Strand zu sein.

Als sie an der Rezeption vorbeigingen, stand dort der Hoteldirektor mit seiner Frau und einem anderen Feriengast zusammen. Sie schienen sehr aufgeregt und man konnte noch hören, wie der Hoteldirektor mit hochrotem Kopf leise sagte:

„Es ist mir ganz schrecklich peinlich. So etwas haben wir hier noch nie gehabt!“

Der Hotelgast antwortete verärgert:

„Ich habe das Geld und die Kreditkarte extra in den kleinen Zimmertresor gelegt. Nie hätte ich gedacht, dass so etwas passieren kann. Sorgen Sie wenigstens dafür, dass die Polizei schnellstens kommt.“ Dann drehte er sich wütend um und ging.

Die Familie nahm an dem für sie reservierten Tisch Platz. Sie waren die ersten Gäste und nach wenigen Augenblicken kam die Kellnerin, um die Bestellung aufzunehmen:
„Möchten Sie zum Frühstück Kaffee oder Tee? Und für die Kinder heiße Schokolade?“ fragte die junge Frau.
Nachdem jeder seine Wünsche geäußert hatte, wollte die Bedienung gerade gehen, als Papa noch schnell fragte:
„Was ist denn passiert? Hat es hier im Hause ein Problem gegeben?“
Die Kellnerin sah kurz zur Rezeption hinüber, kam dichter an den Tisch heran und sagte mit leiser Stimme:
„Ich soll ja eigentlich nicht darüber reden, aber“, sie flüsterte fast, „es hat heute Nacht bei uns

einen Einbruch gegeben. Bei einem Gast ist das Zimmer aufgebrochen worden. Dann hat jemand den kleinen Schranktresor aufgehebelt und das gesamte Bargeld und die Scheckkarte gestohlen!“

Die Kellnerin rückte noch etwas näher heran, vergewisserte sich, dass ihr Chef nicht in der Nähe war und sagte dann leise:

„Ich habe im Ort gehört, dass auch in anderen Hotels eingebrochen worden ist. Es müssen Diebe auf der Insel sein!“
Die Kellnerin ging zurück in die Küche und ließ eine sprachlose Familie zurück. Bjarne fand als erster Worte: „Das ist ja mal richtig spannend!“, jauchzte er.
Mama und Papa hingegen fanden das gar nicht spannend. Sie sorgten sich um ihre Urlaubskasse, die auch sie in den Zimmertresor gelegt hatten. Deshalb nahm Papa nach dem Frühstück sofort das Geld heraus. Er fand, dass es dort nicht mehr sicher sei.

„Ich gehe zum Hoteldirektor und lasse unsere Wertsachen lieber in den großen Hotelsafe legen“, sagte er, „den kann so leicht niemand aufbrechen.“
Gemeinsam mit Lena und Bjarne ging er nach unten an die Rezeption. Als sie dort ankamen, stand der Hoteldirektor mit dem Inselpolizisten zusammen und redete leise. Sie konnten noch hören, wie der Polizist sagte:
„Es ist der achte Einbruch in einer Woche. Wir haben bisher keine Verdächtigen ermitteln können. Nur in einem Fall sollen zwei Männer gesehen worden sein. Leider haben wir keine gute Beschreibung. Wir wissen nur, dass der eine Mann lang und dünn und der andere klein und dick sein soll. Aber davon gibt es auf der Insel bestimmt viele.“
Lena und Bjarne sahen sich begeistert an. Das klang ja wie ein richtiger Kriminalfall. Lena versuchte, noch weitere Gesprächsfetzen aufzufangen, aber der Hoteldirektor war mit dem Polizisten in die hinteren Räume gegangen.
Nachdem Papa das Urlaubsgeld an der Rezeption abgegeben hatte, packte die ganze

Familie ihre Sachen und ging wie geplant zum Strand. Lena und Bjarne allerdings ging das, was sie gehört hatten den ganzen Tag nicht mehr aus dem Kopf.

Als sie am Strand ankamen, hatte sich alles verändert. Der Sand war nicht mehr weiß, sondern nass und gelb, denn nach dem gestrigen Unwetter hatte er sich mit Regen vollgesogen. Mit jedem Schritt, den man machte, wurde der nasse Sand zusammengedrückt und hinterließ so einen deutlichen, hellen Fußabdruck. Es würde nur noch kurze Zeit dauern, bis die Sonne die Nässe aufgesogen hätte und der Strand wäre wieder weiß. Aber jetzt sah alles noch seltsam unberührt aus.

Allerdings hatten Sturm und Regen der vergangenen Nacht auch ihre Sandburg ziemlich kaputt gemacht hatten. Es gab also wieder Arbeit für die Kinder. Gemeinsam begannen Lena und Bjarne, die Burg wieder

aufzuschaufeln. Noch höher und schöner, als sie vorher war.
Rings um sie herum kamen jetzt auch die anderen Badegäste an den Strand. Der Sonnenschein lockte sie heraus und alle waren damit beschäftigt, die Strandkörbe vom Sand zu befreien und in die Sonne zu drehen.
Während Lena die Ränder ihrer Sandburg mit der Schaufel plattklopfte, fiel ihr Blick auf den Strandkorb 233. Sie stutzte, denn was sie sah, schien ihr doch sehr merkwürdig: Der Strandkorb war, wie in den Tagen zuvor, unbesetzt. Dennoch musste irgendjemand den Korb in der späten Nacht, nach dem Gewitterregen und dem Sturm, verschoben haben. Denn während ringsherum der Sand noch gelb und nass war, befand sich neben dem Korb eine helle, trockene Fläche.
Lena ließ die Schaufel sinken und ging nachdenklich auf den Strandkorb zu. Es gab keinen Zweifel, da hatte sich jemand an dem Korb zu schaffen gemacht.

Lena nimmt die Spur auf

Sie umrundete den Korb mit langsamen Schritten und bemerkte eine weitere Auffälligkeit. Es führten Fußspuren von den Dünen zum Strandkorb und wieder zurück. Obwohl die immer wärmer brennende Sonne von Minute zu Minute den Sand trocknete, konnte sie die Spuren noch deutlich erkennen. Es waren die Abdrücke von zwei verschiedenen Männerschuhen. Die Sache wurde langsam mysteriös. Lena fragte sich, warum jemand mitten in einer regnerischen, stürmischen Nacht an den Strand ging, dazu noch mit Straßenschuhen und nicht barfuß? Eigenartig!
Sie folgte den Fußspuren quer durch die Dünen und gelangte nach einigen Schritten auf einen schmalen, roten Klinkerweg, der seitlich am Spielplatz eines Kinderheimes vorbei in den Ort führte. Auf den Steinen verloren sich die Spuren sofort und Lena ging grübelnd zum Strand zurück. Als sie dort ankam, hatte die Sonne den

Sand mittlerweile getrocknet, und wie erwartet war von den Spuren nichts mehr zu sehen.

Niels und Bjarne spielten schon am Wasser. Lena holte ihre Schaufel und begann, ihren Brüdern beim Hafenbau zu helfen. So verliefen die kommenden Stunden wie alle Strandtage vorher. Trotzdem drehten sich Lenas Gedanken immer wieder um den Strandkorb 233 und die merkwürdigen Spuren. Sie war sich nun ganz sicher. Es musste ein Geheimnis um diesen Strandkorb geben. Immer wieder blickte sie hinüber, aber der Korb blieb leer.

Im Laufe des Nachmittags reifte in ihr der Entschluss, den geheimnisvollen Strandkorb einmal in Ruhe zu untersuchen. Mama und Papa wollte sie lieber nichts von ihren Überlegungen erzählen, denn die mochten es gar nicht, wenn Lena Detektiv spielte. Es musste sich nur eine passende Gelegenheit ergeben.

Und die kam schneller als erwartet, denn Bjarne forderte sie zum Fußballspiel auf. Sie stellten sich in einiger Entfernung gegenüber und markierten mit Stöcken die Tore. Dann flog der

Ball hin und her. Bjarne war ein guter Torwart. Immer wieder gelang es ihm, Lenas Schüsse abzuwehren. Das hätte sie eigentlich mächtig geärgert, aber heute war ihr das völlig egal. Ihr ging es nämlich um etwas ganz anderes.
Nach einiger Zeit nutzte Lena die Situation. Sie nahm Anlauf und schoss den Ball mit voller Kraft in Richtung des Strandkorbes 233. Dabei ließ sie sich zur Seite fallen, als ob sie im Sand weggerutscht sei. Bjarne fasst sich an den Kopf:

„Was war das denn für ein Schuss? So schief kann man doch einen Ball gar nicht treffen. Den holst du aber selbst zurück!“

Genau das hatte Lena bezweckt. Der Ball lag nur wenige Meter vom Ziel entfernt. Sie lief in Richtung Strandkorb 233, trat noch einmal wie unbeabsichtigt gegen den Ball und schob ihn dadurch direkt an den Korb. Dann legte sie sich auf die Erde und tat so, als habe der Ball sich eingeklemmt. Sie schob den Kopf unter die ausklappbaren Fuß-stützen und versuchte, unter die Sitzbank zu schauen. Zuerst konnte

sie gar nichts sehen, weil es dort unten so dunkel war. Aber als sich ihre Augen daran gewöhnt hatten, sah sie einen schwarzen Leinenbeutel, den jemand in der hintersten Ecke des Strandkorbgestells versteckt hatte.
Bjarne wurde allmählich ungeduldig:
„Was ist denn? Mach schon! Wir wollen weiterspielen!"
„Ja, ja, ich komme!" rief Lena zurück.
Gleichzeitig schob sie sich noch dichter an den Strandkorb und streckte ihre Hand unter die Sitzbank in Richtung des Leinenbeutels. Gerade hatte sie ihn erreicht, als hinter ihr eine Stimme sagte: „Verrätst du mir bitte, was du da machst?"
Lena zuckte zusammen, zog ihre Hand schnell zurück und sprang auf. Hinter ihr standen Mama und Niels.
„Ich hab gar nichts gemacht", stotterte Lena mit hochrotem Kopf. Als Mama sie zweifelnd ansah, fügte sie mit unsicherer Stimme hinzu:
„Es ist nur - da liegt ein Beutel in dem Strandkorb. Ich wollte mal sehen, was da drin ist!"

„Lena, ich möchte nicht, dass du in den Sachen anderer Leute herumwühlst. Wenn jemand etwas in den Strandkorb stellt, so ist das seine Angelegenheit. Und das geht niemanden etwas an, verstanden mein Fräulein?“ Mama guckte Lena streng in die Augen.
„Ist schon okay“, gab Lena ihrer Mutter kleinlaut recht, stand auf, nahm den Ball und trottete zurück zu Bjarne. Einen kurzen Augenblick überlegte sie noch, ob sie ihren Eltern von den merkwürdigen Fußspuren erzählen sollte, schwieg dann aber lieber. Die Fußabdrücke waren längst nicht mehr zu sehen und vermutlich hätten ihre Eltern auch nicht verstanden, wieso gerade diese Fußspuren am Strand etwas Besonderes sein sollten. Allerdings fasste Lena in diesem Moment einen festen Entschluss. Sie würde zurückkommen und in aller Ruhe das Geheimnis dieses Strandkorbs ergründen. Und zwar heute Nacht.
Der Rest des Tages verging, wie man sich einen Sommertag am Meer nur wünschen kann. Nach dem Abendessen wanderten sie gemeinsam durch den Ort, genossen den Sonnenuntergang

diesmal am Watt und gingen über den Dorfgroden wieder zurück zum Hotel. Als sie nach dem langen Marsch zu Hause ankamen, war es fast dunkel und eine halbe Stunde später lagen die Geschwister im Bett.

Lena blieb still in ihrem Bett liegen und horchte auf die Geräusche, die sie aus dem Nebenzimmer hörte. Obwohl die Vorhänge an den Fenstern zugezogen waren, huschte alle paar Sekunden vom Leuchtturm her ein roter Lichtblitz durch die Nacht und tauchte das Zimmer für Augenblicke in ein geheimnisvolles Licht. Lena musste nicht lange warten, bis auch Mama und Papa zu Bett gingen. Sie war immer noch wild entschlossen, heute Nacht den verdächtigen Strandkorb zu untersuchen. Nur die Vorstellung, alleine dort herumzulaufen, machte ihr Angst. Wenn Bjarne an ihrer Seite wäre, so würde sie sich wohler fühlen.
Lena flüsterte leise:
„Schläfst du schon?“ Keine Antwort. Sie versuchte es noch einmal: „Schläfst du schon, Bjarne?“

Diesmal kam die schon etwas verschlafene Antwort: „Jaha!“

Lena musste grienen, er war also noch wach. Sie rutschte aus ihrem Bett, schlich leise durch das Zimmer zu Bjarne und ehe er sich versah, war Lena unter seine Bettdecke geschlüpft. Bevor Bjarne protestieren konnte, sagte Lena ganz leise:

„Psst, hör mir mal zu!“ und dann erzählte sie Bjarne die Geschichte von dem merkwürdigen Strandkorb, von den Spuren und dem Leinenbeutel.

Mit den Worten: „Und heute Nacht gehe ich hin und gucke nach, was in dem Beutel drin ist“, beendete sie ihren Vortrag.

Bjarne hatte schweigend zugehört und Lena befürchtete beinahe, ihr Bruder wäre eingeschlafen. Aber Bjarne war hellwach. Er liebte Abenteuer, und dieses schien eins zu werden.

„Natürlich bin ich dabei“, sagte er. „Meinst du denn, dass es uns gelingt, unbemerkt aus dem Hotel zu kommen?“

Natürlich hatte Lena sich darüber ihre Gedanken gemacht und einen fertigen Plan im Kopf. Sie wollte so lange warten, bis sie sicher sein konnte, dass Mama, Papa und Niels fest schliefen. Die Appartementtür hatte Papa zwar wie jeden Abend von innen abgeschlossen, aber Lena hatte dafür gesorgt, dass der Schlüssel von innen stecken blieb. Zudem wusste sie, dass der Haupteingang des Hotels zwar nachts verschlossen war, dass es aber einen Hinterausgang gab, der von innen zu öffnen war. Man musste nach dem Verlassen nur einen Gegenstand in die Tür klemmen, damit sie nicht hinter einem zuschlug. Dann konnte man jederzeit wieder zurück in das Gebäude gelangen.

Lena und Bjarne blieben noch so lange schweigend liegen, bis sie aus dem Nebenzimmer das ruhige Atmen der Eltern hörten. Als dann Papa laut zu schnarchen begann, wusste sie, dass alle anderen fest schliefen.

Die beiden standen auf und zogen sich in der Dunkelheit leise an. Sie trauten sich nicht einmal, ihre Taschenlampen einzuschalten. Lena hängte sich noch ihr Fernglas um, dann schlichen sie leise über den Flur zur Appartementtür.
Als Lena den Schlüssel vorsichtig herumdrehte, zitterten ihre Hände vor Anspannung. Nur *ein* lautes Geräusch, dann wären die Eltern sofort wach.

Als die Tür geöffnet war, zog sie den Schlüssel ab und steckte ihn ein. Dann schob sie die Tür geräuschlos wieder zu, nahm Bjarne an die Hand und tastete sich durch das nur von einer Notbeleuchtung erhellte Treppenhaus.
Die Tür am hinteren Ausgang war unverschlossen, genau wie Lena es erwartet hatte. Sie nahm einen Blumentopf von der Anrichte im Flur und stellte ihn in die Türzarge. Nun konnte sie die Tür anlehnen, ohne dass sie wieder ins Schloss fiel.

Nebelnacht

Die Kinder traten ins Freie, blickten sich um - und erschraken. Sie konnten fast die Hand nicht vor Augen sehen, denn dichter, wabernder Seenebel hüllte sie ein. Lena zögerte einen Moment und fragte sich, ob sie nicht lieber ihren Plan aufgeben und wieder zurückgehen sollten. Doch dann kam sie zu dem Schluss, dass der Nebel für sie selbst ja auch von Vorteil sei. Niemand konnte bei dieser Suppe von der Promenade zum Strandkorb gucken und sie beobachten.

Also sagte sie mutig zu sich selbst: „Los jetzt!"

Sie waren gerade ein Stück in Richtung Strand gegangen, da gab es ein dumpfes Geräusch. Lena blieb erschrocken stehen und fragte leise: „Was war das?"

Bjarne antwortete nicht, sondern bückte sich schweigend. Er hob eine Pappschachtel auf und steckte sie wieder unter seine Jacke. Lena sah ihn erstaunt an und zischte:

„Was soll das? Was schleppst du da mit dir herum?“
„Unseren Detektivkasten! Wenn Detektive im Einsatz sind, müssen sie ihre Ausrüstung mitnehmen!“ sagte Bjarne trotzig. Lena konnte es nicht fassen.
„So ein Blödsinn, das ist hier doch kein Spiel! Was willst du denn mit dem Zeugs anfangen?“ flüsterte sie genervt.
Bjarne wurde jetzt böse und erwiderte wutschnaubend:
„Und du mit deinem Fernglas? Was willst du denn bei dem Nebel damit anfangen?“
Lena wollte jetzt keinen Streit anfangen, verkniff sich deshalb eine Antwort und dachte für sich, dass er ja eigentlich Recht hatte. Das Fernglas würde in dieser Nacht ganz sicher keine Hilfe sein. Also gingen sie zügig weiter.

Solange sie noch in der Nähe der Hotels und Restaurants waren, die sich längs der oberen Strandpromenade hinzogen, konnten sie sich noch gut orientieren, denn die bunten Lichter der Fenster und Leuchtreklamen schienen

verwaschen durch das graue Einerlei. Als sie aber den Niedergang hinter sich gelassen hatten und an der unteren Strandpromenade ankamen, sah das schon ganz anders aus. Während sie über einen der langen Holzstege in Richtung Meer gingen, wurde ihnen ein wenig unbehaglich.
Der Nebel erschien mit jedem Schritt dichter und als sie den Bereich der Sandburgen verließen und am flachen Strand ankamen, konnten sie sich nicht mehr zurechtfinden.
Lena hatte gehofft, sich irgendwann an dem Geräusch der Wellen orientieren zu können, aber der dicke Nebel verschluckte sogar das Rauschen der Brandung. Lena blieb verunsichert stehen. „Ich weiß nicht mehr, in welche Richtung wir jetzt gehen müssen", sagte sie ratlos zu Bjarne.
Selbst als sie ihre Taschenlampen einschalteten, um einen Anhaltspunkt zu finden, sahen sie nur einen weißen, verschwommenen Strahl vor sich. Er blendete sie mehr, als dass er helfen konnte. „So finden wir den Strandkorb nie", meinte Lena, „lass uns lieber zurückgehen."

Sie wollte Bjarne vor sich herschieben und ihren eigenen Fußspuren folgen, um so den Weg zurück zur Strandpromenade zu finden, doch Bjarne blieb stur stehen. Er griff schweigend unter seinen Pullover, holte den Detektivkasten hervor und kramte einen kleinen Kompass heraus.

„Damit müsste es doch gehen, oder?“, fragte er triumphierend.

Lena war beeindruckt. An den Kompass hatte sie überhaupt nicht gedacht. „Na klar“, sagte sie, „damit ist es ganz einfach.“

Lena überlegte. Von der Strandpromenade aus waren sie auf dem Holzsteg in Richtung Meer, also nach Norden gegangen.

Sie wusste, dass ihr Strandkorb am Oststrand stand, gut 500 Meter vom „Café Pudding“ entfernt. Also mussten sie jetzt Richtung Osten gehen. Bjarne drehte den Kompass so lange, bis die Nadel und der Nordstrich übereinstimmten.

„So“, sagte er wichtig und hob die Hand „da geht es nach Osten.“

Sie folgen der Kompassanzeige in großen Meterschritten und zählten gemeinsam. Obwohl dies ihre ganze Aufmerksamkeit in Anspruch nahm, konnte es aber nicht darüber hinwegtäuschen, dass die Kinder von einem beklemmenden Gefühl befallen wurden, je weiter sie gingen. Es war ein unheimlicher Marsch in undurchdringlichem Nebel und völliger Stille. Da aber keiner dem anderen eingestehen wollte, dass er Angst hatte, gingen sie forsch weiter. Als sie bei 500 Meter angelangt waren, blieben sie stehen und Bjarne richtete den Kompass neu aus. Nun mussten sie wieder in Richtung Süden gehen, weg vom Wasser, hin zu den Strandkörben.

Eng beieinander schritten sie in die neue Richtung, hatten aber keine Ahnung, wie weit sie noch von den Strandkörben entfernt waren. So gingen sie Schritt um Schritt, aber es war kein Strandkorb zu finden.

Die Kinder wurden immer unsicherer, denn sie hatten das Gefühl, schon längst am Ziel sein zu müssen. Stattdessen tasteten sie sich weiter Meter für Meter über den flachen Strand.

„Verflixt, wir haben uns trotz des Kompasses verlaufen," sagte Lena gerade, da gab es einen dumpfen Plumps und Bjarne war verschwunden - wie vom Erdboden verschluckt. Lena blieb erschrocken stehen.
„Bjarne, wo bist du?", rief sie leise. Keine Antwort. „Wo bist du?", nun etwas lauter.
Statt einer Antwort hörte sie ein schabendes Geräusch und einen Augenblick später stand Bjarne von Kopf bis Fuß eingesandet grinsend vor ihr. „Wir sind richtig!", strahlte er. „Ich bin in eine Sandburg gestolpert."

Lena wunderte sich, dass Bjarne in dieser Situation überhaupt noch lachen konnte, war aber zugleich erleichtert, dass sie sich wohl doch nicht verlaufen hatten. Die beiden folgten weiterhin der Kompassanzeige und krabbelten von Strandburg zu Strandburg, ohne genau zu wissen, wo denn ihr eigener Korb stehen könnte. Erst als sie vor einer Strandburg standen, in der eine aufgeblasene, quietschgrüne Badeinsel mit einer Plastikpalme lag, hatten sie ihre Orientierung zurückgefunden.

„Die gehört Rafael!“, jubelte Lena und atmete erleichtert durch. Jetzt fand sie sich wieder zurecht.
Rafael gehörte zu den Kindern, mit denen Lena und Bjarne in den letzten Tagen oft zusammen in den großen Wassertümpeln herumgetobt waren, die sich bei Ebbe bildeten. Über die schrille Farbe seiner witzigen Badeinsel hatten sie oft gelästert.
Schnell war der eigene Strandkorb gefunden, denn der befand sich ganz in der Nähe. Die Geschwister ließen sich in den Strandkorb fallen und lehnten sich zurück, um sich von dem aufregenden Nebelmarsch zu erholen. Sie rückten in der feuchten Dunkelheit zusammen und sagten einige Zeit kein Wort, saßen da, wie in dunkelgraue Watte gepackt. Kein Geräusch, kein Licht, nur kühler, feuchter Nebel um sie herum.

Lena kam die Situation immer beklemmender vor. Ihre Abenteuerlust war schon lange einer ängstlichen Ungewissheit gewichen und sie ertappte sich bei dem Gedanken, dass sie jetzt

lieber im Hotel in ihrem warmen Bett liegen würde. Was ging sie das eigentlich alles an? Sie verfluchte ihre eigene Neugierde.
Bjarne dagegen schien immer noch recht unbekümmert. Er fühlte sich in Begleitung seiner großen Schwester sicher und war vielleicht auch noch zu klein, um die Gefahren richtig einzuschätzen.

Nach einigen Minuten riss er Lena aus ihren Überlegungen und flüsterte: „Was ist denn nun, wollen wir die ganze Nacht hier herumsitzen oder ein Geheimnis lösen?“

Lena gab sich einen Ruck. Na klar! Nun waren sie einmal hier und da machte es keinen Sinn, so kurz vor dem Ziel aufzugeben. Sie stand entschlossen auf, orientierte sich kurz und ging zielsicher zum Strandkorb 233 herüber. Sehen konnte sie ihn erst im letzten Moment. Er tauchte so plötzlich aus dem Nebel auf, als wäre er aus dem Nichts erschienen.
Lena horchte zur Sicherheit einen Moment, dann legte sie sich auf den Bauch und griff

langsam mit ihrer Hand tief in den Hohlraum unter der Sitzbank.
Nichts - nichts - wieder nichts. Sie streckte sich immer mehr und plötzlich hatte sie den Beutel in der Hand, den sie schon einmal kurz gesehen hatte. Vorsichtig zog sie ihn zu sich heran, bis sie ihn richtig fassen konnte. Lena nahm ihn in die Hand, stand auf und zog an dem Band um ihn zu öffnen. Der Beutel war nicht sonderlich schwer und der Inhalt knisterte wie Papier. „Oder wie Geldscheine", dachte sich Lena. Es waren nur wenige feste Teile zu fühlen. Bjarne stand direkt hinter Lena und schob erwartungsvoll seinen Kopf unter ihrem Arm durch. Er hatte seine Taschenlampe in der Hand und wollte gerade neugierig in den Beutel leuchten, als sie ein Geräusch hörten.

Die Kinder zuckten zusammen. Da - ein dumpfer Plumps, kurz darauf war die unterdrückte Stimme eines Mannes zu hören, der vor sich hin fluchte. Dann drang das hämische Lachen eines anderen Mannes durch den Nebel zu ihnen.

Kein Zweifel, da schlich jemand durch die Dunkelheit und war im Nebel vom Dünenrand gerutscht und herabgepurzelt.
Lena brauchte keine Sekunde, um sich aus der Erstarrung zu lösen. Ihr war sofort klar, welches Ziel die Männer hatten. Die Unbekannten suchten den Strandkorb 233 - und sie stand mit ihrem Bruder direkt davor.

Die Begegnung

„Mach bloß kein Licht an und schnell weg!", zischte sie Bjarne zu. Sie warf den Leinenbeutel geistesgegenwärtig zurück unter den Strandkorb und zog Bjarne hinter sich her in ihre eigene Sandburg. Dann duckte sich tief ab und machte sich so klein wie möglich. Bjarne presste sie fest an sich und hielt ihm ihren Finger über den Mund als Zeichen, bloß keinen Mucks von sich zu geben. So lauschte sie mit klopfendem Herzen auf die näher kommenden Geräusche, als sie ein tiefer Schreck durchfuhr. Auf dem feuchten Sand mussten ihre Fußspuren leicht zu erkennen sein. Wenn jemand den Abdrücken folgte, würde er sie unweigerlich finden.

Den Stimmen nach schienen die Männer schon ziemlich dicht in ihrer Nähe zu sein. Lena wusste, dass ihr nur wenige Sekunden blieben, ihre Spuren zu verwischen. Trotzdem entschloss sie sich zu handeln, denn sie war sich sicher, dass auch die Unbekannten Schwierigkeiten hatten, den Strandkorb 233 in der dichten Nebelsuppe zu finden.

„Bleib hier liegen!“, raunte sie Bjarne zu. „Ich bin gleich zurück!“
Sie nahm all ihren Mut zusammen und kroch wie eine Schlange, flach auf den Boden gepresst, zum Strandkorb 233 hinüber. Als sie ihn erreichte, schlängelte sich Lena denselben Weg wieder rückwärts, wischte aber mit den Händen leicht über den feuchten Sand und beseitigte so ihre Spuren. Kaum hatte sie sich wieder atemlos zu Bjarne in die Sandburg gerollt, da flammte aus dem Nebel der Lichtfinger einer Taschenlampe auf, huschte hin und her, verweilte einen Moment und verlosch wieder. Die Männer hatten ihr Ziel erreicht!
Die beiden Unbekannten sprachen ziemlich laut und ungeniert. Sie fühlten sich gänzlich unbeobachtet. Niemals wären sie auf die Idee gekommen, dass nur wenige Meter entfernt zwei Kinder mit rasendem Herzen in der nassen Dunkelheit lagen und ihnen zuhörten.

Wortfetzen drangen aus dem Nebel zu den Kindern herüber:

„.... War ja ganz einfach......gute Beute gemacht...einmal noch heute Nacht...wieder zurück nach Harle...... dann noch ein paar Tage nach Spiekeroog..."

Aus den Geräuschen konnten Lena und Bjarne schließen, dass die beiden Männer den Strandkorb nach hinten kippten, um an den Beutel zu gelangen.

Allmählich hatte Lena den ersten Schrecken überwunden und die Neugier gewann wieder Überhand. Sie wollte unbedingt wissen, wer die beiden Männer waren. Eines wusste sie genau: An ihren Stimmen würden sie nicht zu erkennen sein, denn der Nebel verzerrte die Geräusche und ließ alles unwirklich und dumpf klingen.

Es half alles nichts! Sie musste noch einmal dichter an den Korb heran, um die Männer sehen zu können. Wieder nahm sie allen Mut zusammen, schob sich aus ihrer Sandburg heraus und robbte Zentimeter um Zentimeter dichter an den Strandkorb 233 heran, ohne jedoch etwas sehen zu können. Sie wollte gerade aufgeben und umkehren, da flammte kurz vor ihr wieder die Taschenlampe im Nebel auf. Lena erschrak, denn sie war viel näher an den Männern als ihr lieb war. Wenn der Lichtstrahl sie jetzt traf, war sie verloren!

„Hör endlich auf, mit der Lampe herumzufuchteln!“, fauchte plötzlich eine dunkle, böse Stimme. Dann hörte sie ein patschendes Geräusch und eine andere Stimme rief „Autsch!“ Im gleichen Augenblick fiel die Taschenlampe zu Boden. Sie blieb so im Sand stecken, dass der Lichtkegel steil nach oben gerichtet war und die beiden Männer anleuchtete. Einer von ihnen bückte sich fluchend und schaltete das Licht aus. Einen kurzen Moment lang war noch das Geräusch von knirschendem Sand zu hören. Dann entfernten sich die Schritte immer mehr und waren bald nicht mehr zu hören.
Die Männer waren nur für eine Sekunde angeleuchtet worden, aber dieser Moment hatte Lena genügt. Die beiden Männer erkannte sie sofort. Es waren der unfreundliche kleine Dicke

und der dürre Lange mit den fettigen Haaren, die sich auf der Fähre von der Möwe die Bockwurst hatten stehlen lassen.

Lena hatte genug gesehen. Langsam glitt sie wieder zu Bjarne zurück und flüsterte ihm leise zu, was sie beobachtet hatte.
„Klare Sache! Die beiden Männer von der Fähre sind die Einbrecher, die schon seit Tagen die Insel unsicher machen. Du erinnerst du dich doch noch an den Dicken und den Dünnen?"
Bjarne nickte eifrig: „Na klar, die mit der Bockwurst!"
Lena überlegte laut weiter: „Den Strandkorb haben sie wohl nur angemietet, um dort ihr Diebesgut zu verstecken. Die Spuren, die ich am Morgen nach der Gewitternacht am Strandkorb gesehen habe, sind entstanden, als die Männer nachts hierher gekommen sind, um die Beute ihrer Einbruchstour zu verstecken. Ist ja clever! Wer rechnet schon damit, dass sie hier ein Versteck haben? Sie haben nur Pech gehabt, dass der Regen kurz danach aufhörte und ihre Spuren nicht mehr verwischen konnte."

Lena war jetzt richtig in Fahrt gekommen.
„Erinnerst du dich auch noch daran, dass die Männer auf der Fähre eine schwere Reisetasche dabei hatten?“
Bjarne nickte bestätigend und fragte: „Weißt du etwa auch, was da drin war?“
„Ist doch klar“, antwortete Lena ganz lässig, „da war das Einbruchswerkzeug drin. Was meinst du wohl, was solche Sachen wiegen!“, erklärte sie fachmännisch.

Die Kinder blieben noch einige Minuten ruhig liegen, denn sie wollten ganz sicher sein, dass die Männer nicht zurückkehrten. Doch dann drangen Kälte und Feuchtigkeit allmählich durch ihre Kleidung und ließen die Glieder steif werden. Es wurde Zeit, sich wieder auf den Weg zu machen. Sie standen auf, und Lena wollte den Weg zum Hotel einschlagen, doch da kannte sie ihren Bruder schlecht.
„Glaubst du denn, ich habe hier die ganze Zeit gefroren, um dann einfach wieder nach Hause zu gehen?“, flüsterte er bockig.

„Ich gehe da jetzt hin und gucke in den Beutel. Du musst ja nicht mitkommen!“, sagte er entschlossen und stapfte los.

Lena zuckte mit den Schultern und versuchte gar nicht erst, ihren Bruder davon abzubringen. Der konnte richtig stur sein, und wenn er sich etwas in den Kopf gesetzt hatte, so war er durch nichts in der Welt davon abzubringen.
Also folgte sie ihm wohl oder übel und als ihre Hand im Gestell des Strandkorbs herumsuchte gelang es ihr schon im ersten Versuch, den Leinenbeutel zu ergreifen. Als sie den Beutel in der Hand hielt und ihn öffnete, nahm Bjarne seine Taschenlampe, schob sie unter seinen Werder-Pullover und schaltete das Licht ein. Ein gedämpftes grünes Licht flammte auf. Es war so schwach, dass man es in wenigen Metern Entfernung schon nicht mehr sehen konnte, aber doch hell genug, um in den Beutel gucken zu können: Er war prall gefüllt mit Geldscheinen und verschiedenen Kreditkarten. Dazwischen lagen einige Ringe und obendrauf mehrere Goldketten.

Die Kinder hielten staunend inne.
„Schau dir das an!“, flüsterte Lena. „Das ist ein Riesenbatzen Geld! Und dann noch der Schmuck dazu!“
„Das nehmen wir alles mit und geben es der Polizei,“ sagte Bjarne forsch. Lena hatte im ersten Moment denselben Gedanken, sagte dann aber:
„Das tun wir ganz bestimmt nicht! Was, wenn wir den beiden Verbrechern mit dem Beutel in der Hand über den Weg laufen? Die machen uns doch glatt kalt!“
Lena dachte mit Schaudern an die brutale Stimme, die sie im Nebel gehört hatte. Die Männer würden kurzen Prozess mit ihnen machen, da war sie sich sicher.
„Wir lassen den Beutel hier und sagen morgen früh der Polizei Bescheid. Die kann ihn dann holen.“
Bevor Lena den Beutel wieder schließen konnte, griff Bjarne hinein und hielt eine der Kreditkarten in der Hand. Selbst in dem fahlgrünen Taschenlampenlicht konnte man

deutlich einen dicken Daumenabdruck erkennen. Und dieser Abdruck wies eine Besonderheit auf: Derjenige, der zuletzt diese Kreditkarte in den Händen gehalten hatte, besaß nicht nur sehr fettige Finger, sondern auch einc auffällige Narbe auf seinem Daumen. Durch den Fingerabdruck zog sich eine feine, gerade Linie.

„Schau mal, Lena!“, flüsterte Bjarne. „So ein auffälliger Abdruck ist doch etwas ganz Besonderes, oder nicht?“
Er blickte zu Lena hinüber. Die nickte zwar, ging aber nicht weiter darauf ein, sondern wollte endlich zurück in das Hotel. Bjarne ließ sich nun aber nicht mehr bremsen. Er holte wortlos den Detektivkasten unter dem Pullover hervor und packte ihn im Dämmerlicht seiner Taschenlampe aus.
Lena stand daneben und beobachtete staunend, wie Bjarne das schwarze Pulver zur Sicherung von Fingerabdrücken nahm und es mit einem feinen Pinsel auf der Kreditkarte verteilte. Der Fingerabdruck war nun noch deutlicher zu sehen.

„Was machst du da?“, zischte Lena.

„Spurensicherung“, antwortete Bjarne seelenruhig, „machen die im Fernsehen doch auch immer!“

Dann nahm er ein Stück durchsichtiges Klebeband, presste es auf die Kreditkarte und hielt es triumphierend in die Höhe. Bjarne hatte einen perfekten Fingerabdruck gesichert. Er klebte das Band auf eine helle Pappkarte, verstaute danach wieder alles in dem Detektivkasten und sagte zufrieden: „So, nun können wir gehen.“

Lena schüttelte zwar den Kopf, musste sich aber eingestehen, dass sie beeindruckt war. Sie legte den Beutel mit dem Diebesgut wieder unter den Strandkorb und als sie sich vom Korb entfernten, verwischte sie wieder sorgsam ihre Spuren.

Der Rückweg zur Strandpromenade verlief etwas einfacher als der Hinweg. Der nasse Nebel hatte ihre Fußabdrücke erhalten und so konnten sie ihren eigenen Spuren folgen, bis aus dem Nebel die ersten Lichter der Promenade zu erkennen waren. Wenig später erreichten sie den Hintereingang ihres Hotels.

Der Trick mit der Tür funktionierte. Ohne Probleme gelangten sie in das Haus und danach zu ihrem Appartement. Lena öffnete leise die Tür. Auf dem Rückweg war ihr durch den Kopf gegangen, wie groß das Risiko war, entdeckt zu werden.
Wenn der kleine Niels mitten in der Nacht aufwachte, was nicht selten passierte, dann würde Mama jetzt wach sein und hätte längst ihre leeren Betten entdeckt. Doch die beiden hatten Glück. Niels war nicht aufgewacht und Mama und Papa schliefen immer noch tief und fest.

Lena und Bjarne zogen sich leise aus und legten sich erschöpft in ihre Betten. Kaum war ihnen richtig warm geworden, überfiel sie eine tiefe Müdigkeit.

Die Beichte

Als die Kinder am nächsten Morgen geweckt wurden, waren sie beide noch hundemüde. Lena war sich im ersten Moment gar nicht sicher, ob sie das alles nicht doch geträumt hatte. Aber dann kamen die Erinnerungen Stück für Stück zurück. Auf dem Weg zum Frühstücksraum drängte Bjarne sich dicht an sie heran und raunte ihr zu:

„Na los, sag Mama und Papa endlich, was wir heute Nacht erlebt haben. Wir müssen doch schnell die Polizei holen!"

Lena wusste sehr wohl, dass sie schon bald ihren Eltern die Erlebnisse der letzten Nacht beichten musste. Ihr war aber auch bewusst, dass es dann Ärger geben würde. Mama und Papa würden gar nicht begeistert sein, dass die Kinder nachts heimlich über den Strand schlichen und Verbrecher belauschten.

So zog sie es vor zu schweigen und mit ihrer Beichte lieber bis nach dem Frühstück zu warten.

Still aßen Lena und Bjarne ihr Brötchen. Die Eltern wunderten sich, dass die Kinder so wenig gesprächig waren und zudem so müde wirkten. Schließlich waren die beiden doch gar nicht so spät ins Bett gegangen - merkwürdig!
Nur Niels plapperte fröhlich vor sich hin und beschmierte Mund und Hände mit einer dicken Schicht aus Schokocreme und Honig. Nach dem Frühstück ging die Familie wieder zurück in ihr Appartement und Lena wusste, dass jetzt unweigerlich der Moment gekommen war, die Karten auf den Tisch zu legen.

„Also, äh...“, stotterte und stammelte Lena vor sich hin, „wir müssen euch etwas sagen. In der letzten Nacht da waren wir ..... ja, da waren wir.....“ Sie fand einfach nicht die richtigen Worte und sah Bjarne hilfesuchend an.
„Lena will euch erzählen, was sie letzte Nacht am Strand gemacht hat!“, trompetete Bjarne das Geheimnis heraus.
Mama und Papa sahen sich verblüfft an. Dann blickten sie zu Lena hinüber und Papa fragte mit ernstem Gesicht:

„Was soll das heißen? Nachts am Strand?“

Lena wurde vor Aufregung heiß und kalt zugleich. Böse blickte sie zu Bjarne hinüber.
„Wieso jetzt nur ich?“, giftete sie ihn an. „Du warst ja wohl auch mit dabei, oder?“
Mama und Papa waren verwirrt.
„Kann uns mal irgendjemand erklären, was hier los ist?“, fragte Papa in die Runde.
Ihm war anzumerken, dass er langsam böse wurde, denn eines schien sicher: In der Nacht war etwas geschehen, was ihm nicht gefallen würde.
Lena begann erst stockend, dann immer schneller zu erzählen. Manchmal vergaß sie vor Aufregung zu atmen und ihre Stimme überschlug sich. Dann meldete sich Bjarne zu Wort und brachte Lenas verworrene Schilderung wieder auf den richtigen Weg.
Als die Kinder mit ihrer Geschichte fertig waren, trauten sie sich kaum, ihren Eltern in die Augen zu blicken. Lena zog die Schultern zusammen und erwartete eine kräftige Standpauke von Papa. Bjarne war vorsorglich in Deckung

gegangen und hatte sich langsam und unauffällig in die hinterste Ecke des Zimmers verdrückt - aber nichts geschah.
Mama saß mit großen Augen da und sagte gar nichts. Sie bemerkte nicht einmal, dass Niels mittlerweile damit begonnen hatte, den Wangerooger Veranstaltungskalender in kleine Stücke zu zerreißen und die Schnipsel genüsslich durchzukauen. Papa war die Kinnlade immer weiter heruntergefallen. Irgendwann sprang er auf, lief kopfschüttelnd umher und blieb dann unvermittelt stehen.
Dann wandte er sich den Kindern zu und sagte mit bemüht ruhiger Stimme:
„Ich glaube, ihr wisst selbst, dass das was ihr da gemacht habt sehr gefährlich war, oder?“
Die Kinder nickten heftig.
„Ich mag gar nicht daran denken, was passiert wäre, wenn die Kerle euch entdeckt hätten. Das sind ganz gefährliche Verbrecher!“
Lena und Bjarne nickten wieder und schwiegen schuldbewusst.
„Warum habt ihr uns denn nichts von dem geheimnisvollen Strandkorb erzählt?“ fragte

Mama mit einem leichten Vorwurf in der Stimme.
„Ach“, sagte Lena schnippisch, „hättet ihr uns denn geglaubt und wärt mit uns nachts zum Strand gegangen?“
Mama überlegte kurz und musste sich eingestehen, dass sie vermutlich die ganze Angelegenheit nur als ein Hirngespinst der Kinder angesehen hätte. Papa war inzwischen milder gestimmt.
„Wir reden da später noch mal in Ruhe drüber, in Ordnung? Jetzt müssen wir erst einmal sehen, dass wir die Einbrecher dingfest machen.“
Er lächelte den beiden kleinen Detektiven zu und wusste, dass er eigentlich ziemlich stolz auf seine Kinder sein konnte. Niels hatte mittlerweile das ganze Zimmer mit bunten, matschigen Papierschnipseln übersät. Aber das interessierte im Moment niemanden.

Papa ging gemeinsam mit den beiden Kindern nach unten an die Rezeption. Herr Gerdjes telefonierte gerade und nahm eine Buchung

entgegen. Das Gespräch streckte sich in die Länge und die Kinder trappelten immer aufgeregter hin und her.
Endlich war Herr Gerdjes fertig mit seinem Telefonat, und Papa erzählte ihm in kurzer Form von den Ereignissen der vergangenen Nacht.
„Und jetzt brauchen wir ganz schnell ganz viele Polizisten, um die Einbrecher zu fangen!“, sagte Papa zum Schluss.

Der Hoteldirektor blickte ihn mitleidsvoll an und seufzte:
„Lieber Herr Richter! Selbst wenn die Geschichte stimmt, die ihre Kinder erlebt haben wollen, so ist das mit der Polizei auf dieser Insel so eine Sache. Schnell geht hier gar nichts. Wir haben auf Wangerooge nur einen Polizisten und der kommt, wenn es besonders eilig ist, mit dem Fahrrad.“

Die Kinder starrten Herrn Gerdjes an, als habe er einen dummen Scherz gemacht. Es nützte aber alles nichts, sie mussten einsehen, dass eine kleine Nordseeinsel keine Großstadt ist.

„Eigentlich passiert hier ja auch nie etwas“, fügte der Hotelbesitzer noch entschuldigend hinzu und griff zum Telefonhörer.

„Hallo Herr Wachtmeister, hier spricht Gerd Gerdjes vom Hotel „Seebrise“. Könnten Sie wohl mal zu uns herüberkommen? Hier möchten Gäste wichtige Hinweise zu den Einbrüchen der letzten Tage geben.“

Der Hoteldirektor lauschte in den Telefonhörer: „Ja, ... ja.....ist klar...... Ist auch wichtig und dauert eben seine Zeit. Bis dann!“

Er legte den Hörer auf, zuckte mit den Schultern und sagte:

„Wachtmeister Friese ist gerade am Westturm. Dort ist eine Schafherde ausgebrochen. Sobald er die eingefangen hat, kommt er rüber geradelt! So lange müssen wir schon warten.“

Lena warf einen gequälten Blick zum Himmel. „Hoffentlich ist Herr Friese ein guter Schaf-fänger“, dachte sie.

Die Jagd beginnt

Es dauerte fast eine Stunde, bis der Wachtmeister verschwitzt am Hotel ankam. Er hatte sich wirklich beeilt, aber wie immer am Meer wehte ein frischer Wind, und wie immer wehte er beim Fahrrad fahren von vorne.

Wachtmeister Friese war ein großer, blonder Mann mit breiten Schultern. Bjarne meinte, seine Hände wären fast so groß wie Klodeckel. Der Polizist nahm seine Mütze ab, knöpfte seine Uniformjacke auf, suchte umständlich ein Taschentuch und wischte sich in aller Ruhe die Stirn ab. Dann setzte er sich auf einen Stuhl, holte sein Notizbuch heraus und sagte:

„So Kinder, nun erzählt mal eure Geschichte in allen Einzelheiten. Aber bitte nichts dazu erfinden, nur die Wahrheit!“ Dabei sah er die Kinder streng an.

Lena redete wieder schnell und aufgeregt und natürlich wollte auch Bjarne seinen Teil dazu beitragen, so dass der Polizist die Kinder immer wieder bremsen musste. Als sie fertig waren,

fragte er noch einige Einzelheiten nach. Dann blickte er zu Papa:
„Das ist ja kaum zu glauben. Kann es sein, dass den Kindern die Phantasie durchgegangen ist?“
„Nein, nein“, sagte Papa, „wenn die Kinder es so sagen, dann ist es auch genau so gewesen. Da können sie ganz sicher sein.“
Wachtmeister Friese machte eine lange Denkpause. Dann klappte er sein Notizbuch zu, steckte es in die Brusttasche seiner Uniform und meinte:
„Gut, das lässt sich ja ganz schnell feststellen. Wir gehen hin und sehen nach. Dann zeigt mir mal, wo der Strandkorb 233 steht.“

Gemeinsam gingen sie hinunter zum Strand. Sie folgten der unteren Strandpromenade, verließen sie am Ende über einen der Bohlenwege und kamen in den Bereich, in dem immer weniger Strandkörbe standen. Schon von weitem konnten sie sehen, dass Strandkorb 233 wie erwartet unbesetzt war. Als sie ihn erreicht hatten, fragte Friese nochmal nach:
„Das ist er also? Kein Irrtum möglich?“

„Natürlich nicht!“, erwiderte Lena fast ein wenig beleidigt.
„Und der Beutel liegt unter der Sitzbank?“
„Ja doch!“ Die Kinder platzten fast vor Spannung. Um sie herum hatte sich inzwischen ein Kreis von neugierigen Kindern gebildet, und auch die Erwachsenen beobachteten das Ganze mit Interesse.
Wachtmeister Friese packte den Strandkorb mit seinen Klodeckelhänden und legte ihn mit einem Schwung auf die Seite, als wäre er federleicht. Alle starrten nach unten - und sahen nichts! Lena wollte es nicht glauben.

„Das kann nicht sein, der Beutel muss da irgendwo liegen!“, stammelte sie verzweifelt. Sie schaute unter die Sitzbank und tastete alles ab. Finden konnte sie aber nichts. Auch Bjarne fühlte mit seinen dünnen Armen in jeden Winkel und schüttelte dann ebenfalls enttäuscht den Kopf. „Nichts, gar nichts!“
Wachmeister Friese guckte den Kindern ernst in die Augen und fragte: „Und ihr habt euch die ganze Geschichte bestimmt nicht ausgedacht?“

Lena und Bjarne schüttelten entschlossen die Köpfe. Dann sah der Polizist zu Papa hinüber, und plötzlich zog ein Lächeln über Wachtmeister Frieses Gesicht.
„Ich glaube den Kindern! So eine wilde Geschichte kann sich niemand ausdenken. Wir sollten gemeinsam nachdenken, wie wir die Verbrecher fangen können.“ Lena und Bjarne strahlten über das ganze Gesicht, und auch Papa war froh, dass der Polizist den Kindern vertraute.

Sie gingen gemeinsam zurück zum Hotel und kamen auf dem Weg beim Strandwärter vorbei, der in seinem Badekarren unterhalb des „Café Pudding“ saß. Friese wollte ermitteln, wer den Strandkorb 233 angemietet hatte. Der Strandwärter blätterte eifrig in seinem dicken Notizbuch herum. Lena und Bjarne bewunderten den Mann. Wie war es ihm nur möglich, bei dieser unendlichen Zahl von Strandkörben die Übersicht zu behalten?
Dann sagte er: „Der Korb ist auf den Namen „Meier“ gemietet worden. Weitere Angaben hat

dieser Herr „Meier“ nicht gemacht. Er hat für eine Woche im Voraus bezahlt. Selbst gesehen habe ich den Mann aber nie!“
Der Strandwärter blickte noch einmal in sein Notizbuch. „Die Mietzeit ist übrigens gestern abgelaufen. Ab heute wird der Korb wieder neu vermietet.“

Wachtmeister Friese nickte. Genau eine solche Auskunft hatte er erwartet. Dann begann laut nachzudenken:
„Der Name Meier bringt uns nicht weiter. Ich denke, dass er sowieso nicht stimmt.“ Dann wandte er sich den Kindern zu:
„Als ihr beiden in der Nacht am Strandkorb gewesen seid, war der Leinenbeutel doch noch da und du, Lena, konntest Teile des Gesprächs zwischen den beiden hören. Da war die Rede von „noch einmal heute Nacht„ und „zurück nach Harle“, oder?
Das kann doch nur bedeuten, dass die beiden Männer am frühen Morgen noch einmal zu ihrem Strandkorb zurückgekommen sind und

den Beutel abgeholt haben, weil sie Wangerooge noch heute verlassen wollen!“

Unvermittelt blieb Wachtmeister Friese stehen und rief erregt:

„Dann kann es ja schon zu spät sein, die Morgenfähre ist schon weg!“

Schnell zog er sein Handy aus der Tasche und rief im Hafen an, um sich zu erkundigen, wann die Fähre den Hafen verlassen hätte. Konzentriert lauschte er den Worten des Hafenmeisters. Sein Gesicht hellte sich auf und er nickte mehrmals vor sich hin. Mit den Worten: „Das ist ja mal eine gute Nachricht!“, beendete er das Gespräch und wandte sich freudig den Kindern zu:

„Der starke Ostwind hat der Insel Niedrigwasser gebracht. Die Fähre konnte heute Morgen nicht auslaufen. Die nächste Abfahrt erfolgt erst am Nachmittag. Wir haben also noch fast 4 Stunden Zeit!“

Als sie im Hotel eintrafen, setzten sich alle zusammen in den Aufenthaltsraum und besprachen das weitere Vorgehen.

„Müssen die Einbrecher denn unbedingt ı dem Schiff die Insel verlassen?“, fragte Papa plötzlich in die Runde. „Sie könnten ja auch mit dem Flugzeug auf das Festland geflogen sein“.

„Stimmt“, sagte der Polizist, „die Möglichkeit besteht. Ich werde das sofort überprüfen.“

Eine Nachfrage beim Abflugschalter des Flugplatzes brachte schnell Klarheit: Alle Flüge auf das Festland waren schon seit Tagen ausgebucht. Auch konnte man sich dort nicht erinnern, dass unter den Fluggästen zwei Männer gewesen seien, auf die die Beschreibung der Kinder zutraf. Für Wachtmeister Friese stand zweifelsfrei fest: Die beiden Männer befanden sich immer noch auf der Insel. Nur wo? Das war die Frage, die im Moment niemand beantworten konnte.

„Es muss doch rauszukriegen sein, in welchem Hotel die Einbrecher abgestiegen sind! Vielleicht können wir sie dort noch schnappen?“, meinte Lena. Der Polizist wiegte seinen Kopf hin und her.

„Wie soll das gehen?“, fragte er. „Wir wissen nur, dass der eine Mann dick und der andere dünn ist. Die Beschreibung passt doch auf viele Männer."

„Wir könnten doch das Foto herumschicken!", antwortete Lena. Der Wachtmeister fuhr herum und sah sie überrascht an:
„Wie? Von welchem Foto sprichst du? Davon weiß ich ja gar nichts!"
Lena hatte in der ganzen Aufregung doch tatsächlich vergessen, von dem Vorfall auf der Fähre zu erzählen.
„Ich habe die beiden doch an Bord fotografiert, als eine Möwe dem dicken Mann die Bockwurst stibitzt hat", sagte Lena eilig.
Sofort sprang sie auf, flitzte in ihr Zimmer und holte ihre kleine Digitalkamera. Nur eine Minute später war sie zurück und suchte atemlos zwischen den vielen Fotos das richtige heraus.
Als sie es fand, vergrößerte sie den Bildausschnitt so stark, bis die Gesichter deutlich zu erkennen waren. Dann hielt sie dem Wachtmeister die Kamera triumphierend vor die Nase.

„Das ist ja unglaublich!“, meinte Wachtmeister Friese anerkennend. „Viel besser sind unsere Polizeifotos auch nicht. Allerdings können wir nicht mit dem Fotoapparat in der Hand von Hotel zu Hotel laufen, das würde viel zu lange dauern.“

„Das müssen wir doch gar nicht“, sagte Papa. „Sicherlich hat die Kurverwaltung eine E-Mail-Liste aller Hotels und Pensionen. Wir könnten das Foto doch allen zuschicken.“

Gesagt, getan. Es dauerte nur eine halbe Stunde, da war das Foto aus Lenas Fotoapparat per Internet auch schon an alle Hotels, Pensionen und Ferienhausvermieter verschickt. Jetzt hieß es nur noch hoffen, dass die Mail auch überall schnell gelesen wurde.

Unter das Foto hatte Wachtmeister Friese den Satz schreiben lassen: „Dringend gesuchte Einbrecher. Sachdienliche Hinweise bitte sofort an die Inselpolizei.“

„Das reicht“, meinte Wachtmeister Friese gelassen, „meine Handynummer kennt hier auf der Insel jeder! Wir brauchen nur zu warten!“

So saßen sie gemeinsam und hofften, dass das Telefon endlich läuten möge, aber nichts geschah. Die Kinder wurden allmählich unruhig. Sollten ihnen die Einbrecher doch noch entkommen?

Auf der Spur

Endlich. Nach langem Warten klingelte Frieses Handy. Die Kinder waren so angespannt, dass sie vor Schreck zusammenzuckten. Der Polizist sprach nur ganz kurz, beendete das Gespräch dann wieder und sagte:
„Schnell rüber zum „Nordseehotel“! Dort sind die beiden Männer abgestiegen.“
Zum Hotel waren es nur wenige Schritte, denn es lag in der Mitte des Ortes, direkt an der Zedeliusstraße. Dort wurden sie schon von einem aufgeregten Pförtner erwartet, der sofort lossprudelte:
„Ich habe die Männer sofort auf dem Foto erkannt! Die beiden wohnen im ersten Stock, Zimmer 13. Ich habe sie heute aber noch nicht gesehen. Das Zimmer ist bis heute gemietet. Sie sind als Herr Müller und Herr Schmidt angemeldet“, sagte er geflissentlich. „Bezahlt haben sie im Voraus.“

„Pah“, Lena rümpfte die Nase, „dass ich nicht lache! Meier, Müller und Schmidt, das glaubt doch kein Mensch.“

Als Wachtmeister Friese die Anmeldescheine der beiden Gäste sehen wollte, musste der Pförtner kleinlaut einräumen, dass er sich bei der Anmeldung die Ausweise der beiden Männer nicht hatte zeigen lassen. Der Polizist sah ihn daraufhin tadelnd an, betrachtete die Sache dann aber wohl als erledigt.

„Lena hat recht. ich glaube auch nicht, dass die Namen stimmen“, sagte Friese. „Schauen wir doch mal nach, ob wir die Vögel noch in ihrem Nest erwischen, bevor sie ausfliegen.“

Der Polizist ließ sich einen Zweitschlüssel des Zimmers geben. Als sie auf dem Flur des ersten Stockwerks ankamen, wandte er sich Papa zu: „Egal was gleich passiert, Sie bleiben mit den Kindern hier hinten stehen, Herr Richter. Die Männer sind gefährlich. Da kann alles Mögliche passieren.“

Vorsichtig zog er seine Pistole aus dem Holster und nahm den Zimmerschlüssel in die andere

Hand. Dann schlich er so lautlos, wie es der knarrende Holzboden zuließ, langsam an der Wand des Flures entlang. Direkt vor der Zimmertür blieb er regungslos stehen, presste sein Ohr an die Tür und horchte. So verharrte er regungslos eine lange Minute.

Lena und Bjarne hatten sich hinter Papa gestellt und lugten seitlich an ihm vorbei. Sie konnten nun sehen, wie der Polizist geräuschlos und vorsichtig den Schlüssel in das Schlüsselloch steckte und drehte. Als die Tür aufgeschlossen war, öffnete er sie nur wenige Zentimeter. Dann nahm er seine Pistole in beide Hände, streckte sie weit von sich, trat mit voller Kraft gegen die Tür und stürmte mit den Worten "Hände hoch, Polizei!" in das Zimmer. Für einen Augenblick blieb alles ruhig, dann gab es ein großes Gepolter, danach war wieder Ruhe.

„Sollten wir nicht nachsehen, ob alles in Ordnung ist?" Bjarne traute sich vor Aufregung gar nicht, laut zu sprechen.

„Ich weiß nicht", antwortete Papa ebenfalls mit leiser Stimme, „wir sollen doch hier stehenbleiben, egal was passiert."

Nun hörten sie wieder lautes Poltern aus dem Zimmer und kurz darauf ein unterdrücktes Fluchen. Dann trat Wachtmeister Friese humpelnd auf den Flur.
„Verflixt!“, schimpfte er. „Weg sind sie! Das Zimmer ist leer, aber direkt hinter der Tür stand ein Stuhl. Über den bin ich lang hingeschlagen.“
Der Polizist steckte seine Pistole wieder in das Holster, hockte sich hin und rieb sich das Schienbein. Eine breite Schramme zog sich quer darüber hinweg. Ganz gewiss würde es auch noch einen blauen Fleck geben.
„Das haben die doch extra gemacht“, sagte er wutschnaubend. „Aber jetzt haben sie einen großen Fehler begangen, einen ganz großen, denn nun bin ich richtig böse. Und wenn Wachtmeister Friese böse wird, dann ......!“
Er sprach den Satz nicht mehr zu Ende, sondern grummelte finster in sich hinein.

Papa, Lena und Bjarne mussten sich kräftig zusammenreißen, um nicht laut zu lachen. Es sah doch sehr komisch aus, wie dieser große, starke Mann vor Wut schnaubend auf dem Flur

saß und sein lädiertes Schienbein betrachtete. Nachdem Wachtmeister Friese sich einigermaßen beruhigt hatte, verließen sie gemeinsam das Hotel, um vor der Tür weiter zu beraten.
Sie kamen zu dem Ergebnis, dass es für die Einbrecher nur eine Möglichkeit gab, die Insel am heutigen Tage zu verlassen. Sie mussten sich mit der Fähre am Nachmittag zum Festland absetzen.
Mit dem Flugplatzchef hatte der Polizist vereinbart, dass man ihn sofort informieren würde, falls die Männer doch noch versuchen sollten, einen Flug zu ergattern.

„Ich schlage vor, dass wir uns um 16.30 Uhr am Hafen treffen!“, sagte der Polizist. „Wir sind dann noch vor dem Eintreffen der Inselbahn dort und können beobachten, wenn die Männer an Bord der Fähre gehen.“
Er fasste sich an sein immer noch schmerzendes Schienbein und fügte grimmig hinzu. „Dann gibt's Saures!“

„Können wir nicht schon am Bahnhof gucken, ob die beiden in den Zug steigen?“, fragte Bjarne. Wachtmeister Friese schüttelte den Kopf:

„Das hat keinen Sinn“, sagte er, „wir können nämlich nicht sicher sein, dass sie wirklich mit der Inselbahn zum Hafen fahren. Sie könnten ja auch zu Fuß gehen oder sich Fahrräder besorgen.“

Also blieb es bei der Verabredung am Hafen.

„Dann bis nachher!“, sagte Papa, nahm die Kinder und ging mit ihnen zum Hotel.

Der Unfall

Es blieben noch fast zwei Stunden Zeit, bevor sie sich mit Wachtmeister Friese treffen wollten. Im Hotel wartete schon Mama mit Niels auf dem Arm. Sie saß mit Herrn und Frau Gerdjes an der eigentlich noch geschlossenen kleinen Hotelbar und trank Tee. Die Kinder berichteten von den Ereignissen der letzten Stunden.

„Wir waren ganz dicht dran“, plapperte Bjarne aufgeregt, „sooo dicht!“ Dabei streckte er die Hand in die Höhe und hielt Daumen und Zeigefinger eng beieinander. Papa und Lena nickten.

„Die Verbrecher müssen kurz vor uns das Hotelzimmer verlassen haben!“, fügte Papa hinzu.

„Und um 16.30 Uhr treffen wir uns mit Wachtmeister Friese am Hafen und schnappen uns die Einbrecher!“ krähte Bjarne überzeugt hinterher.

Fahrräder waren für Papa und die Kinder schnell besorgt.

„Sie können mein Fahrrad nehmen“, sagte der Hoteldirektor zu Papa gewandt, „und Lena bekommt das Fahrrad meiner Frau. Wenn wir den Sattel etwas tiefer stellen, sollte das wohl klappen!“

„Und was ist mit mir?“ Bjarne war entrüstet. Er hatte große Angst, jetzt wo es richtig spannend wurde, etwas zu versäumen.

„Mach dir keine Sorgen!“, sagte Frau Gerdjes. „Wir haben im Keller noch ein Kinderfahrrad von unserem Sohn stehen. Es muss nur aufgepumpt werden. Die Größe dürfte für dich gerade richtig sein.“

Papa und der Hoteldirektor holten die Fahrräder heraus und richteten sie her. Sie wurden entstaubt und kräftig aufgepumpt. Papa fuhr einige Meter hin und her und war zufrieden. „Perfekt!“, stellte er fest.

Auch Lena und Bjarne machten eine Sitzprobe. Zwar schien das Damenfahrrad für Lena ein wenig zu groß, aber bis zum Hafen würde es wohl reichen. Das Kinderfahrrad für Bjarne dagegen hatte genau die richtige Größe und gefiel ihm fast besser, als sein eigenes zu Hause. „Wir haben noch Zeit genug. Wenn ihr Lust habt, dann macht doch mal eine kleine Probefahrt!“, forderte Papa Lena und Bjarne auf. „In einer Stunde müsst ihr aber zurück sein!“

Das ließen sich die beiden Kinder nicht zweimal sagen. Sie radelten am Minigolfplatz vorbei auf die Strandpromenade und bogen dann in die Zedeliusstraße ein. Hier ließen sie die Räder lässig in Richtung Bahnhof rollen.

Die empörten Blicke einiger Spaziergänger ignorierten sie großzügig. Fahrrad fahren war hier zwar verboten, aber schließlich befanden sie sich ja in einem Polizeieinsatz, jedenfalls beinahe. Außerdem kannten sie den Inselpolizisten sehr gut. Was sollte ihnen da schon geschehen?

Kurz vor dem alten Leuchtturm bogen sie ab und fuhren nach links in Richtung Kirche, da wo die Wege eng und verwinkelt waren. In einer scharfen, leicht abwärts führenden Kurve schaffte Bjarne es, Lena zu überholen. Er drängelte sich dicht an ihrem Fahrrad vorbei und trat kräftig in die Pedale. „Gewonnen!“, jubelte er und drehte sich triumphierend zu seiner Schwester um.

Er hätte besser nach vorne geschaut, denn in diesem Moment kamen zwei Fußgänger aus dem Kurpark und bogen auf den schmalen Klinkerweg ein. Selbstverständlich war auch hier das Radfahren verboten.

Lena sah das Unglück voraus. „Pass auf!“, rief sie laut.

Aber es war zu spät. Bjarne drehte sich ruckartig um, erschrak, sah die beiden Fußgänger und versuchte noch, mit einer Vollbremsung einen Zusammenstoß zu verhindern. Doch das Hinterrad blockierte sofort und rutschte auf dem sandigen Klinkerweg zur Seite. Prompt kippte Bjarne um, schlidderte samt Fahrrad noch einige Meter weiter und kam nur eine Handbreit vor den Füßen der beiden Fußgänger zum Stillstand. Eine böse Stimme herrschte ihn an:

„Du kleiner Mistkerl! Bist du denn des Teufels? Na warte, du bekommst gleich von mir was an die Ohren!“

Bjarne hatte Glück im Unglück. Außer einer kleinen Schramme an der linken Hand war ihm nichts passiert. „T’schuldigung!“, stammelte er, rappelte sich auf und drehte sich den beiden Fußgängern zu. Dann verschlug es ihm die Sprache.
Es waren nicht irgendwelche Fußgänger, mit denen er beinahe zusammengestoßen wäre. Es waren die beiden Einbrecher, denen er Auge in Auge gegenüberstand. Der Dicke hatte die Hand gehoben und Bjarne fürchtete, dass er sich gleich eine Backpfeife einfangen würde.

Er taumelte einen Schritt zurück und wollte eigentlich noch ein paar entschuldigende Worte herausbringen. Doch stattdessen stammelte und stotterte er nur wirres Zeug vor sich hin und starrte die beiden Männer unentwegt an. Er war

vor Angst wie gelähmt und nicht einmal fähig, sein Fahrrad zu nehmen, um zu flüchten.
„Was glotzt du uns denn so blöd an?“ Der Lange fixierte ihn mit eiskalten Augen. „Haben wir uns schon mal irgendwo gesehen?“
Bjarne stand immer noch stocksteif da und wirkte beinahe wie hypnotisiert. Lena erholte sich als erste von dem Schock und erkannte, wie gefährlich die Situation jetzt für sie war. Nur ein falsches Wort von Bjarne und sie hätten sich verraten.
„Tut uns leid, dass wir sie so erschreckt haben! Es ist unsere Schuld, wir haben nicht aufgepasst.“ Lena setzte ihre beste Unschuldsmiene auf, packte Bjarne am Arm und schob ihn von den Männern fort. Dann nahm sie Bjarnes Fahrrad auf, trat an die Hecke und gab mit einer Handbewegung den Weg frei.
„Bitte sehr“, flötete sie überfreundlich, „und nichts für ungut!“

Der Dicke ließ seine Hand sinken. Seine Augen funkelten böse, als er mit den Worten “Kommt

uns nicht noch einmal in Quere!“ an den Kindern vorbeiging.
Der Lange nahm seine schwere Reisetasche wieder auf, die ihm bei dem Beinahe-Zusammenstoß aus der Hand gefallen war. Die Kinder bemerkten es sofort. Es war dieselbe Tasche, die Lena schon auf der Fähre aufgefallen war. Dann ging er langsam und provozierend an den Kindern vorbei, sah Bjarne durchdringend in die Augen und sagte mit kalter Stimme: „Hast du gehört, Kleiner? Komm uns nicht in die Quere, und noch eins: Starre uns nie wieder so unverschämt an, sonst passiert dir was!“

Nach wenigen Schritten waren die Männer verschwunden. Bjarne hatte sich immer noch nicht von dem Schock erholt, und Lena schnaufte erstmal tief durch. „Das war knapp! Aber jetzt wissen wir wenigstens, dass die Räuber wirklich noch auf der Insel sind. Wir müssen das unbedingt Papa sagen, damit er Wachtmeister Friese anruft.“

Beide wollten sich auf ihre Fahrräder setzen, um schnell zum Hotel zurückzuradeln. Daraus wurde jedoch nichts, denn bei dem Unfall hatte sich an Bjarnes Fahrrad das Schutzblech des Vorderrades so verbogen, dass es sich nicht mehr frei drehen konnte. Lena musste erst in den Büschen des Kurparks einen Holzknüppel suchen, um das Blech wieder nach oben zu biegen. So verging kostbare Zeit, bis sie nach ihrer Begegnung mit den beiden Einbrechern wieder im Hotel waren und berichten konnten.

Papa hörte sich die Geschichte an und rief sofort den Wachtmeister auf seinem Handy an. Der war mittlerweile auch mit seinem Fahrrad durch den Ort gefahren, hatte die beiden Einbrecher aber nicht zu Gesicht bekommen.
„Ist doch prima! Jetzt haben wir die Gewissheit, dass die Männer die Fähre nehmen wollen. Wir bleiben bei unserem Plan und treffen uns wie vereinbart am Hafen“, antwortete der Polizist.

Um 16 Uhr machte sich Papa mit den Kindern auf den Weg. Sie radelten ausnahmsweise mal mit Rückenwind. Es ging auf dem Weg zum Westen am neuen Leuchtturm vorbei, dann passierten sie die Kinderheime und den alten Westturm rückwärtig. Danach ging es den Deich hinunter ein gutes Stück abwärts, und sie ließen sich vom Wind bequem in Richtung Hafen schieben.

Dort wurden sie schon von Wachtmeister Friese erwartet.
„In zehn Minuten kommt die Inselbahn. Am besten stellen wir uns oben beim Yachtclub auf die Holzterrasse. Da können wir das Geschehen gut überblicken“, schlug er vor.
Sie nahmen auf einer Sitzbank Platz und fieberten gemeinsam der Ankunft der Bahn entgegen. Pünktlich wie erwartet hörten sie aus der Ferne das Pfeifen der Inselbahn. Ratternd schob sie sich wie ein bunter Lindwurm aus den hitzeflimmernden Dünen hinaus auf die Salzwiesen und fuhr dann am Wattrand entlang. Kurz vor dem Hafen stoppte sie ab, wartete bis eine Weiche umgestellt worden war, und schob sich dann langsam bis an die Fähre heran. Die

Bahn hatte kaum angehalten, da sprangen auch schon die Türen auf, und augenblicklich ergoss sich eine unübersehbare Menschenmenge auf den Platz. Väter schleppten Reisetaschen, Mütter mit Rucksäcken auf dem Rücken rangierten die Kinderwagen hin und her, und überall wuselten zwischen den vielen Erwachsenen unzählige kreischende Kinder umher.

Wachtmeister Friese und seinen Begleitern gelang es in diesem Durcheinander nicht mehr, die Übersicht zu behalten. Zum Glück hatte Lena ihr Fernglas mitgenommen und behielt aufmerksam die Gangway zur Fähre im Auge. Hier mussten die Menschen einzeln hintereinandergehen. Somit ergab sich für Lena die Möglichkeit, jeden Fahrgast in Augenschein nehmen zu können.

Obwohl schon so viele Menschen an Bord gegangen waren, schien die Zahl der Passagiere kein Ende zu nehmen. Der Bordkran jaulte ununterbrochen und hob einen Gepäckcontainer nach dem anderen an Bord. So ging es fast eine halbe Stunde lang. Endlich befanden

sich alle Menschen auf der Fähre. Der Platz am Anleger war mittlerweile fast menschenleer und nur die Arbeiter waren noch damit beschäftigt, die letzten Ladungsstücke an Bord zu bringen.
Dann wurde die Gangway eingezogen. Wachtmeister Friese sah sich ratsuchend um. „Haben wir irgendetwas falsch gemacht?“, fragte er in die Runde.
Niemand hatte die Verbrecher an Bord gehen sehen. Lena war sich sicher, dass sie die beiden auf der Gangway erkannt hätte. Aber sie waren nicht dabei gewesen. Auch sie konnte sich nicht erklären, warum der Plan nicht aufgegangen war.

Die Matrosen hatten mittlerweile die Leinen losgemacht. Die Fähre drehte im Hafenbecken. Dann schäumte das Wasser auf und das Schiff setzte sich langsam in Bewegung. Kurz vor der Hafenausfahrt gab es noch ein langes „Tuuut“ von sich und nahm Fahrt in Richtung Harle auf. Dann war es still im Hafen.

Segler lieben den Wind

Schweigend stiegen Lena und Bjarne mit den beiden Erwachsenen die lange Holztreppe von der Terrasse herab und gingen entmutigt am Hafenbecken entlang. Die Enttäuschung war ihnen ins Gesicht geschrieben.
Während die anderen sich dem Fahrradständer näherten, setzte sich Lena in Gedanken versunken auf einen Poller und starrte auf das Meer hinaus. Die Fähre hatte sich schon ein gutes Stück entfernt. Sie zog eine weiße Schleppe quirlenden Wassers hinter sich her und verschwand allmählich im blauen Hitzedunst, der über dem Wasser lag.

Weiter draußen waren einige Jollen und Yachten unterwegs. Die Segler genossen die Zeit des Hochwassers, um im jetzt überfluteten Watt zwischen Insel und Festland hin und her zu kreuzen. Alle hatten ihre Segel aufgezogen, einige sogar ihre bunten Spinnaker.

Eines der Boote allerdings erregte Lenas Aufmerksamkeit: Es war ein kleiner hölzerner Kajütkreuzer. Die roten Segel waren sauber festgezurrt, die Fock aufgerollt. Das Boot befand sich direkt hinter der Hafenausfahrt, schon auf dem offenen Wasser. Deutlich konnte man das Tuckern eines kleinen Außenbordmotors hören.

„Merkwürdig“, dachte Lena, „es ist herrlicher Wind und die Leute an Bord setzen keine Segel.“ Lena war selbst seit einem Jahr Mitglied im Segelverein und hatte gelernt, mit einem „Optimisten“ umzugehen. Von so einem Wind konnte man eigentlich nur träumen. Er war nicht zu schwach und nicht zu stark. Selbst unerfahrene Segler mussten damit gut zurechtkommen. Was für Anfänger waren dort bloß mit dem schönen Boot unterwegs?

Sie setzte das Fernglas an die Augen, stellte es scharf und zuckte zusammen. Plötzlich, wie zum Greifen nahe, sah sie die beiden Einbrecher vor sich.

„Ich hab sie, ich hab sie!“ Lena sprang auf, hüpfte vor Aufregung umher und deutete auf das Meer. Die anderen blickten fragend herüber.

Wachtmeister Friese begriff sofort, was Lena meinte. Mit einer Geschwindigkeit, die man diesem großen schweren Mann gar nicht zugetraut hätte, kam er herübergelaufen, nahm Lena das Fernglas aus der Hand und starrte gebannt zum Segelboot hinüber. „Kein Zweifel, du hast Recht!“

Auch Papa und Bjarne waren mittlerweile eingetroffen.
„Jetzt verstehe ich gar nichts mehr!“ sagte Bjarne verwirrt. „Die beiden sind doch mit der Fähre auf die Insel gekommen, wo haben die denn jetzt ein Segelboot her - und warum sind sie denn nicht mit der Fähre gefahren?“
„Das ist doch glasklar“, erklärte Papa. „Beim Aussteigen aus der Inselbahn haben sie vermutlich Wachtmeister Friese gesehen. Sie hatten ein schlechtes Gewissen und konnten sich denken, warum die Polizei die Abfahrt der

Fähre überwacht. In dem Gedränge bei der Ankunft des Zuges haben sie sich heimlich in den hinteren Bereich des Yachthafens geschlichen. Das haben wir in dem Durcheinander nicht bemerkt, weil wir ja immer in Richtung Fähre geguckt haben."
„Und das Segelboot?", fragte Bjarne aufgeregt. „Wo haben die das her?"
„Blöde Frage", sagte Lena, „das haben die natürlich geklaut. Ist doch kein Problem. Hier im Yachthafen liegt doch ein Boot neben dem anderen."
Wachtmeister Friese nickte: „Tja, aber dann haben sie einen Fehler gemacht. Sie hätten kein Segelboot stehlen dürfen, wenn sie nicht segeln können. Und das ist dir zum Glück aufgefallen." Er schaute Lena anerkennend an.

Wachtmeister Friese packte nun der Ehrgeiz. Natürlich hätte er in Harle anrufen und die beiden Einbrecher dort im Hafen verhaften lassen können. Das aber ging eindeutig gegen seine Ehre als Inselpolizist. Für ihn war es selbstverständlich, dass er selbst die Einbrecher fangen wollte. Also musste ganz schnell ein Boot her.

Am Rande des Hafens lag die „Wilma Sikorski“, das Inselrettungsboot der Deutschen Gesellschaft zur Rettung Schiffbrüchiger. Das wäre genau das Richtige gewesen, aber es würde zu lange dauern, die Rettungsleute zu alarmieren. Dann fiel sein Blick auf den Mittelsteg des Yachtclubs. Dort machte ein älterer Herr gerade seine Motoryacht fertig zum Auslaufen.
Der Mann hatte die Persenning schon eingerollt und ließ den Motor warmlaufen. Das dumpfe Grummeln der Maschine deutete an, dass es sich um ein sehr schnelles Boot handeln musste. Genau das brauchte der Polizist jetzt: „Los, kommt mit!“, rief Friese und stürmte auf den Anleger.

Als er vor der Motoryacht ankam, blickte der Freizeitkapitän erstaunt auf. Der Wachtmeister richtete sich zu voller Größe auf und sprach mit lauter, amtlicher Stimme: „Ich bin Wachtmeister

Friese, der Inselpolizist, und das sind meine Assistenten.“ Er wies auf Papa, Lena und Bjarne. Dann wurde seine Stimme noch amtlicher: „Hiermit wird das Boot polizeilich beschlagnahmt. Ich fordere Sie auf: Folgen Sie dem Segelboot dort draußen.“
Er wies auf das Segelboot mit den Einbrechern, das jetzt schon weit vom Hafen entfernt war und direkt Kurs in Richtung Harle genommen hatte.

Während der Besitzer des Motorbootes noch irritiert um sich blickte und mal den Polizisten und mal das Segelboot weit draußen auf dem Meer ansah, sprang Friese in das Boot und griff schnell die beiden Kinder, um sie an Bord zu heben. Papa sprang als letzter an Bord und Friese rief ungeduldig: „Na los jetzt, Vollgas!“
Der Bootsbesitzer traute sich nicht, irgendwelche Fragen zu stellen. Papa hatte schon die Leinen los gemacht und das Boot setzte sich langsam in Bewegung. Friese ging das alles viel zu langsam, aber er musste sich schon gedulden, bis das Motorboot den Hafen verlassen hatte.

Als sie endlich die letzten Priggen der Hafeneinfahrt hinter sich gelassen hatten, schob der Bootsbesitzer den Gashebel weit nach vorne. Der Motor brüllte auf und das Boot machte förmlich einen Satz nach vorne. Dann wurde es von Sekunde zu Sekunde schneller, zog nach wenigen Augenblicken einen wirbelnden Schaumstreifen hinter sich her und glitt über das Meer.

Festnahme

Der Vorsprung, den das Segelboot gehabt hatte, schmolz innerhalb weniger Minuten zusammen. Schon waren sie auf Rufweite herangekommen.
„Achtung, hier spricht die Polizei!“, rief Wachtmeister Friese mit lauter Stimme zu den beiden verblüfften Männern herüber. „Stoppen Sie sofort das Boot!“

Die Einbrecher erkannten, dass sie keine Chance hatten, der schnellen Motoryacht zu entkommen. Sie drosselten den blubbernden Außenborder, und das Boot verlor augenblicklich an Fahrt. Kurz darauf lag es schaukelnd in der Sonne.
Der Besitzer der Motoryacht verlangsamte seine Geschwindigkeit ebenfalls, drehte einen großen Kreis und steuerte seine Yacht geschickt an das Segelboot heran.
Papa und Lena brachten die Fender aus, und kurz darauf waren das Segelboot und die Motoryacht miteinander vertäut.

Obwohl Wachtmeister Friese sicher war, dass die beiden Männer das Segelboot gestohlen hatten, fragte er zuerst vorschriftsmäßig nach den Bootspapieren.

„Ach, Herr Wachtmeister“, sagt der Lange mit den fettigen Haaren, „wir haben leider keine Papiere. Wir geben ja zu, dass uns das Boot nicht gehört. Wir haben es uns nur mal kurz ausgeliehen, um eine kleine Bootsfahrt zu machen. Gerade wollten wir umdrehen und das Boot wieder zurück in den Hafen bringen.“

„Wir würden doch niemals ein Boot stehlen!“, fügte der Dicke scheinheilig hinzu.

Während er das sagte, blickte er mit kaltem Blick zu Lena und Bjarne. Natürlich hatte er die beiden Kinder wiedererkannt. Man konnte den Männern ansehen, wie sie sich das Gehirn zermarterten, welche Rolle die beiden wohl bei dieser ganzen Angelegenheit spielten. Hatten sie es etwa den beiden Zwergen zu verdanken, dass sie jetzt bis zum Hals im Schlamassel steckten?

Wachtmeister Friese war bewusst, dass er jetzt ein Problem hatte. Natürlich konnte er gegen die beiden Männer eine Anzeige schreiben, weil sie sich ohne Erlaubnis ein fremdes Segelboot genommen hatten. Danach würde er sie aber laufen lassen müssen, denn für eine Festnahme würde das nicht reichen. Und das ging ihm gegen den Strich. Friese wollte mehr, er wollte beweisen, dass diese beiden Männer die gesuchten Inseleinbrecher waren.
Also setzt er alles auf eine Karte:
„Ich beschuldige Sie, auf unserer Insel mehrere Einbrüche begangen zu haben und werde jetzt das Boot durchsuchen!“ Er schwang sich über die Bordwand zum Segelboot hinüber und begann, es gründlich zu durchstöbern. Zuerst öffnete er die schwere Reisetasche. Er fand dort alles, was Einbrecher benötigen: Schwere Brecheisen, Schraubendreher, Hammer, Seitenschneider und falsche Schlüssel. Den Leinenbeutel, der die Einbrecher überführt hätte, fand er jedoch nicht.
Er suchte angestrengt weiter, klappte die Sitze hoch, sah unter die Polster und krabbelte in die

Kajüte. Jeden Winkel durchsuchte er, aber der Leinenbeutel war nicht zu finden.
Nach einiger Zeit kam er verschwitzt und mit verklebten Haaren wieder an Deck. "Nichts!", sagte er und blickte enttäuscht Papa und die Kinder an.

Die beiden Einbrecher, die anfangs noch unsicher gewesen waren, spürten, dass sie jetzt Oberwasser bekamen. „Können Sie uns denn bitte mal verraten, was sie überhaupt suchen?", fragte der Dicke mit gespielter Gleichgültigkeit.
Wachtmeister Friese erklärte, dass er einen Leinenbeutel mit der Beute suche und er zudem der Meinung sei, in der Reisetasche befinde sich Einbruchswerkzeug.
Die beiden Männer taten so, als könnte sie kein Wässerchen trüben: „Aber Herr Wachtmeister. Wir sind doch nur ehrenwerte Handwerker, die hier ihren Urlaub verbringen. In der Reisetasche ist unser Werkzeug. Das haben wir immer dabei. Wir basteln nun mal gerne. Und es ist doch nicht verboten, Werkzeug mit in den Urlaub zu nehmen, oder? Das mit dem Segelboot geben wir

ja zu, aber sonst...Wir sind jedenfalls keine Einbrecher und von einem Leinenbeutel wissen wir gar nichts.“

Sie grinsten den Wachtmeister frech an und merkten, dass dem Polizisten der letzte Beweis fehlte, um sie überführen zu können. Die Situation war ziemlich verfahren und der Polizist war drauf und dran aufzugeben. Da drängelte sich Bjarne wortlos zwischen Papa und Lena durch.
Niemand hatte bemerkte, dass er die ganze Zeit nur auf die Hände des Langen mit den fettigen Haaren gestarrt hatte. Bjarne beugte sich vor und zupfte Wachtmeister Friese von hinten an der Uniform. Friese blickte sich um. Dann verschwand Bjarnes Hand in der Hosentasche. Einen Augenblick wühlte er zwischen all den Dingen herum, die ein kleiner Junge so mit sich herumschleppt. Ein kleines Taschenmesser kam zum Vorschein, einige Muscheln, ein Stück Bindfaden, dann ein 50-Cent-Stück und eine entwertete Karte des Inselkinos.

Endlich hielt er triumphierend eine kleine Pappkarte in der Hand. Darauf befand sich der Fingerabdruck, den Bjarne in der Nebelnacht am Strandkorb 233 gesichert hatte.

„Diesen Fingerabdruck haben wir auf einer gestohlenen Kreditkarte gefunden“, sagte Bjarne und streckte Friese die Pappkarte entgegen. Stolz blickte er den Polizisten mit seinen großen, dunklen Augen an.
Friese sah verwundert auf den Fingerabdruck und bemerkte sofort die Narbe, die sich deutlich sichtbar darüber hinwegzog. Bjarne zupfte den Wachtmeister erneut an der Uniform und deutete schweigend auf den rechten Daumen des Langen mit den fettigen Haaren. Wachtmeister Friese verstand. Er ergriff die Hand des Einbrechers und drehte sie um. Tatsächlich, über den Daumen der rechten Hand zog sich eine lange, tiefe Narbe.
Der Polizist nahm den von Bjarne gemachten Fingerabdruck und hielt ihn dem Langen vor die Nase:

Triumphierend schwenkte er ihn hin und her und sagte:
„Das ist der Beweis! Dieser Abdruck wurde von den Kindern auf einer gestohlenen Kreditkarte gefunden. Und Sie“, Friese sah den Langen durchdringend an, „Sie haben diese Kreditkarte in den Händen gehalten.“
Wachtmeister Friese wurde wieder amtlich:
„Hiermit nehme ich Sie beide wegen Einbruchs fest!“
Die beiden Männer schauten ziemlich verdattert aus der Wäsche. Es dauerte eine ganze Zeit, bis sie verstanden hatten, dass es wirklich zwei Kindern gelungen war, sie aufs Kreuz zu legen.

Friese griff in die Tasche, um seine Handschellen herauszuholen. Dabei war er für einen Augenblick unaufmerksam und ließ den Langen mit den fettigen Haaren los.
Und der nutzte das aus. Er sprang einen Schritt nach vorne, packte Bjarne, riss ihn in einem Schwung hoch und zog ihn über die Bordwand hinweg zu sich an Bord. Dann schrie er

hasserfüllt: „Wenn einer uns zu nahe kommt, werfe ich den Jungen in das Meer!“

Bjarne war wirklich ein Fliegengewicht. Es wäre für den Mann ein Leichtes gewesen, ihn im hohen Bogen von Bord zu schleudern. Zwar konnte Bjarne schon schwimmen, ob es aber dafür reichen würde, sich mit voller Bekleidung über Wasser zu halten und dann noch gegen die Wellen anzukämpfen, war mehr als fraglich.

Papa und Wachtmeister Friese blieben wie versteinert stehen. Konnten sie das Risiko eingehen und versuchen, Bjarne zu befreien?

Lena machte sich all diese Gedanken nicht. Ohne auch nur einen Augenblick zu zögern, stürzte sie sich mit den Worten „Lass meinen Bruder los!“ nach vorne und biss dem Langen mit aller Kraft in die Hand. Der war von diesem spontanen Angriff völlig überrascht. Jaulend vor Schmerzen schrie er auf und ließ Bjarne los.

Das war der Moment, an dem Wachtmeister Friese endlich Rache für sein lädiertes Schienbein nehmen konnte: Wie ein Schwergewichtsboxer holte er aus und ließ seine

Faust auf das Kinn des Langen krachen. Der grunzte einmal tief, verdrehte die Augen und fiel wie ein nasser Sack zusammen.

Auch Papa hatte reagiert. Als er sah, dass Friese zum großen Schlag ausholte, ergriff er einen umherliegenden Bootshaken und versetzte dem Dicken damit einen solchen Schubs, dass dieser ins Taumeln geriet und mit einem lauten „Platsch" über Bord fiel.
Der Rest war schnell erledigt. Als der Lange mit den fettigen Haaren wieder aufwachte, fand er sich an Bord der Motoryacht wieder. Der Dicke saß pitschnass neben ihm. Beide waren mit einer Handfessel zusammengekettet. Sie sagten kein Wort mehr und warfen nur gelegentlich wütende Blicke auf die Kinder.

So fuhren sie gemeinsam in den Wangerooger Hafen zurück. Das Motorboot schleppte das Segelboot mit einer Leine hinter sich her. Nachdem die Boote festgemacht hatten, kümmerte sich Wachtmeister Friese gemeinsam mit Papa um seine beiden Gefangenen. Lena begann, zusammen mit Bjarne, die auf dem Segelboot herumliegenden Leinen ordentlich aufzurollen, so wie sie es in ihrem Segelverein gelernt hatte. Unordnung an Bord, das durfte es nicht geben.

Gerade hatte Lena sich gebückt, um eine verhedderte Leine zu lösen, da fiel ihr Blick auf einen kleinen Schlitz tief unten in der Verkleidung der Bootswand. Von oben war diese Öffnung nicht zu sehen gewesen. Sie stutzte, griff hinein und tastete mit ihren Händen hin und her. Friese wäre mit seinen Klodeckelhänden niemals in diesen schmalen Spalt hineingekommen. Vielleicht hatte er aber auch nicht gründlich genug gesucht, jedenfalls hielt Lena einen Augenblick später triumphierend den dunklen Leinenbeutel mit dem Diebesgut in den Händen.

Wachtmeister Friese war nun der glücklichste Inselpolizist an der ganzen Nordsee. Alle Beweise waren erbracht und die Einbrecher endgültig überführt. Als er den beiden Männern den

Leinenbeutel vor die Nase hielt, brachen diese ihr Schweigen und legten ein umfassendes Geständnis ab. Alles war genauso gewesen, wie Lena es sich zusammengereimt hatte:
Die beiden Männer hatten sich unter falschem Namen im Hotel angemeldet. Dann waren sie Nacht für Nacht auf Einbruchstour gegangen und hatten den Strandkorb als Versteck für das Diebesgut benutzt. So konnten sie sicher sein, dass niemand die gestohlenen Sachen in ihrem Hotelzimmer finden und sie als Einbrecher überführen konnte.
Aber genau der Trick mit dem Strandkorb war ihnen dank Lenas und Bjarnes Aufmerksamkeit zum Verhängnis geworden.

Noch am Abend kam aus Wilhelmshaven ein Boot der Wasserschutzpolizei und holte die beiden Einbrecher ab. Lena und Bjarne aber mussten Wachtmeister Friese in sein Büro begleiten. Dort wurde ein langes Protokoll über all das geschrieben, was die Kinder erlebt hatten. Es kam sogar ein Fotograf der Inselzeitung und machte ein Foto von den

Geschwistern. Als die Kinder nach diesem aufregenden Tag gemeinsam mit Papa am Hotel eintrafen, war es schon spät. Trotzdem wurde es noch eine lange Nacht, denn immer und immer wieder mussten sie ihre Geschichte erzählen.

Abschied von Wangerooge

Am nächsten Tag ging der Urlaub zu Ende. Es kündigte sich ein Wetterumschwung an. Zwei Wochen lang hatte fast ununterbrochen die Sonne geschienen. Über Nacht war es windig und kühl geworden und dichte Wolken jagten über das Meer.

Am Vormittag hatten die Richters ihre Koffer gepackt und zum Bahnhof gebracht. Die Fähre nach Harle fuhr erst am späten Nachmittag und so hatten sie noch genügend Zeit, einmal über die Insel zu bummeln und Abschied zu nehmen. Zum ersten Mal in diesem Urlaub mussten sie warme Jacken anziehen. Niels saß warm eingepackt in seiner Sportkarre. Auf dem Kopf hatte er eine blaue Pudelmütze, wie sie die Fischer auf See tragen.

Sie schlenderten gemeinsam die Strandpromenade entlang. Mama und Papa gingen Arm in Arm, Lena schob den Kinderwagen und alberte mit Niels herum,

während Bjarne versuchte, auf den runden Edelstahlrohren zu balancieren, die die obere Strandpromenade von den Dünen trennte.
Am Strandkiosk bekamen die Kinder noch ein Eis, dann gingen sie den Niedergang zur unteren Strandpromenade herunter und nahmen dort, direkt am Strand, den Weg zurück.

Der Strand war an diesem Tag fast menschenleer. Nur einige Jogger liefen am Wasser entlang und der Bademeister langweilte sich auf seinem Aussichtsturm. Kaum jemand wollte bei diesem Wetter in der Nordsee baden.
Von weitem kam ihnen der Strandwärter entgegen. Er schob rumpelnd auf einem Anhänger einen Strandkorb hinter sich her. Er hatte ihn vom Rand des Strandes geholt, um ihn jetzt wieder zu seinen Genossen mitten in das Feld zu stellen. Als der Korb an den Kindern vorbeirollte, konnten sie die Nummer lesen: 233. Papa konnte sich nicht verkneifen, noch ein Foto von dem Strandkorb zu machen.
„Für unser Familienalbum!“ griente er. Dann bogen sie vom Strand ab und gingen in Richtung

Bahnhof. In den Geschäften der Zedeliustraße drängten sich die Menschen. Sie wollten bei diesem Wetter lieber durch die Läden bummeln als am Strand zu frieren. An der Inselbuchhandlung machten die Richters halt. Vor dem Schaufenster hatte sich eine Menschentraube gebildet.
Dort hing die aktuelle Ausgabe des „Inselboten". Auf der ersten Seite befand sich ein großes Bild von Lena und Bjarne.
Darunter stand in dicken Buchstaben: „Junge Detektive fangen Einbrecher!"
Lena und Bjarne waren stolz und bekamen vor Aufregung ganz rote Backen. Als Papa eine Zeitung kaufen wollte, erkannte der Buchhändler die Kinder. Er begrüßte sie laut und herzlich. Die Leute drehten sich um und lächelten ihnen freundlich zu. Lena und Bjarne genossen den Ruhm und Papa musste die Zeitung nicht einmal bezahlen.

Kurze Zeit später trafen sie am Bahnhof ein. Dort gab es dann noch eine handfeste Überraschung, mit der sie nicht gerechnet hatten: Dort standen der Bürgermeister und der Kurdirektor, um sie persönlich zu verabschieden. Die beiden schüttelten jedem die Hand und klopften Lena und Bjarne immer wieder auf die Schultern. Mama wurde ein großer Blumenstrauß überreicht und Papa erhielt einen Briefumschlag:

„Machen Sie ihn ruhig auf, Herr Richter!“, sagte der Bürgermeister.

Papa öffnete gespannt den Umschlag und holte einen Zettel heraus. Es war ein Gutschein für einen kostenlosen Inselurlaub im nächsten Sommer. Die ganze Familie war für 2 Wochen in das beste Hotel der Insel eingeladen. Nicht einmal Kurtaxe brauchten sie zu bezahlen und sogar die Kosten für die Fähre waren eingeschlossen.

Alle zusammen strahlten wie Honigkuchenpferde. Sie bedankten sich herzlich und bestiegen die Inselbahn. Als sie am Hafen eintrafen, wurden sie noch von Wachtmeister Friese erwartet. Er war extra mit dem Fahrrad über die Insel gesaust, um sich von seinen beiden Hilfspolizisten zu verabschieden.

Als er von dem Gutschein erfuhr, den Papa gerade bekommen hatte, nahm er Lena und Bjarne in den Arm.
„Dann sehen wir uns ja im nächsten Jahr wieder. Und weil ihr so tolle Assistenten gewesen seid, spendiere ich euch für den nächsten Urlaub einen Strandkorb.“

Die Kinder guckten sich verschmitzt an und riefen wie aus der Pistole geschossen: „Wir nehmen aber nur den Strandkorb 233!“
„Na, ich will mal sehen, was sich da machen lässt“, sagte Wachtmeister Friese lachend.

„Wollen wir mal hoffen, dass es für euch im nächsten Jahr ein etwas ruhigerer Urlaub wird“, fügte er noch hinzu.
Lena und Bjarne nickten brav. Eigentlich aber dachten sie etwas ganz anderes:
Das war der tollste Urlaub, den sie je erlebt hatten!

Über den Autor

Hans-Rainer Riekers wurde 1951 in Bremen geboren und hat dort bis zu seiner Pensionierung als Polizeibeamter Dienst verrichtet. Das Interesse seiner Enkelkinder an seinem Beruf war immer so groß, dass er sich entschloss, dem literarisch Rechnung zu tragen. Der Roman „Strandkorb 233“ ist der erste von bislang vier Kinderkrimis, die seinen Enkelkindern gewidmet sind. Die Romane haben einen starken norddeutschen Bezug und spiegeln das Leben am Meer, im Norden, aber auch die damit einhergehenden Gefahren wider.

Weitere Bücher des Autors: „Der Schwarze Kutter“, ein Spiekeroog-Kinderkrimi, „Eiskalter Frühling“, ein Usedom-Kinderkrimi sowie „Nachtcache“, ein Geocache-Krimi für Kinder und junggebliebene Geochacher.

8966724R00080

Printed in Germany
by Amazon Distribution
GmbH, Leipzig